014501095 Liverpool Univ

KU-707-162

Caderno de Memórias Coloniais

Isabela Figueiredo

Caderno de Memórias Coloniais

Prefácios de
Paulina Chiziane e José Gil

6.ª edição
revista e aumentada

CAMINHO

Título: Caderno de Memórias Coloniais
Autora: Isabela Figueiredo

Capa: Rui Garrido

Pré-impressão: LeYa, SA
Impressão e acabamento: Multitipo
6.ª edição revista e aumentada
Tiragem: 1000 exemplares
Data de impressão: julho de 2015
Depósito legal n.º 395 126/15
ISBN: 978-972-21-2758-5

Editorial Caminho, SA
Uma editora do Grupo Leya
Rua Cidade de Córdova, n.º 2
2610-038 Alfragide — Portugal
www.caminho.leya.com
www.leya.com

Palavras prévias

A um homem do passado

Estes são os tempos futuros que temia
o teu coração que mirrou sob pedras,
que podes recear agora tão fundo,
onde não chegam as aflições nem as palavras duras?

Desceste em andamento; afinal era
tudo tão inevitável como o resto.
Viraste-te para o outro lado e sumiram-se
da tua vista os bons e os maus momentos.

Tu ainda tinhas essa porta à mão.
(Aposto que a passaste com uma vénia desdenhosa.)
Agora já não é possível morrer ou,
pelo menos, já não chega fechar os olhos.

Manuel António Pina, in *Nenhum Sítio*

No princípio eu era de carne e estava na terra. Começou assim. Não pensei em mim como rapariga nem como branca nem como rica ou pobre. Não pensei porque não era preciso. Eu era de carne e estava na terra.

Via, ouvia ao redor, e formava, sem intenção nem premeditação, juízos intuitivos sobre o bem e o mal. Pensava com o peito, porque é o lugar do corpo com o qual se pensa no início e no fim.

Sabia que era uma pequena pessoa de carne, não um animal, porque a mim não me podiam matar para comer. Não era adulta. Não tinha querer.

Observava o mundo no qual vivia, escutava as palavras, com fome de compreender e aprender. Observava-o para apreender a mecânica das pessoas. O que diziam e faziam? Porquê? O que valorizavam?

Não havia com quem falar sobre as coisas que me interpelavam, nomeadamente as que juntavam e separavam um ser humano de outro. Não existia essa linguagem nem discurso. Ninguém era capaz de me explicar.

Não ter compreendido. Tudo começou aí.

É mais fácil esquecer. Sempre.

O paradoxo reside no facto de só se ultrapassarem os choques de uma vivência, desenterrando-a, revolvendo os seus restos. O tempo silencioso apenas se abstém de produzir ruído.

É também mais fácil construir o que aceitamos recordar. Essa narrativa torna-se a realidade, a única em que acreditamos e que defendemos.

A História enfrenta sempre esse grande óbice, que cabe aos investigadores ultrapassar: o silêncio sobre o que muito se calou ou escondeu. O que não honra. O lixo faz-se desaparecer, os cadáveres emparedam-se e tudo deixa de existir. Não vimos, não sabemos, nunca ouvimos falar, não demos por nada.

Após a publicação do *Caderno de Memórias Coloniais*, em 2009, muitos filhos e netos de retornados me diziam que os familiares não falavam sobre o assunto fora de casa, e, mesmo aí, consideravam que esses assuntos eram delicados.

A minha perplexidade, pré e pós *Caderno*, continua a bater no mesmo ponto da «intriga pós-colonial»: se todos vivemos o mesmo, no mesmo local e época, como posso só eu ter visto e sentido o que escapou aos outros? Porque foi escolha minha, prioritária, lembrá-lo?

O *Caderno de Memórias Coloniais* relata a história de uma menina a caminho da adolescência, que viveu essa fase da vida no período tumultuoso do final do Império colonial português. O cenário é a cidade de Lourenço Marques, hoje Maputo, espaço no qual se movem as duas personagens em luta: pai e filha. São símbolos de um velho e de um novo poder; de um velho mundo que chegou ao fim, confrontado por uma nova era que desponta e exige explicações. A guerra dos mundos em 1970.

Mas o *Caderno* transcende as questões de poder colonial, racial, social e de género, transformando-se, também, numa narrativa de amor filial conturbado e indestrutível. Segue o percurso sensual e iniciático da menina que descobre o seu corpo e os alheios. É uma história de perda, na qual uma rapariga cujo percurso autónomo se adivinha, sente e mostra a necessidade de desenvolver a resistência máxima, e de crescer depressa, para garantir a sobrevivência, testada ao atravessar a realidade hostil da colonização e da descolonização, primeiro em Moçambique, depois em Portugal, para onde é enviada sozinha.

Estamos perante a fabricação de uma identidade nacional indefinida, desterritorializada, do domínio dos exílios e desterros.

Ao longo dos capítulos do *Caderno*, a menina transporta para o nosso tempo fragmentos de vozes que ecoam de uma outra época, como se um transístor pudesse viajar no tempo, emitindo uma polifonia de sons do passado.

As vozes caíram mal e caíram bem, dependendo do recetor, como era esperado. O que foi publicado, em 2009, sobre a vida branca em Lourenço Marques, provocou discussão, e não agradou a um segmento saudosista de retornados, mesmo entre aqueles que viveram essa discriminação a um certo grau. Refiro-me, por exemplo, aos chefes mestiços da administração colonial, aos indianos e goeses, que na colónia beneficiavam de um estatuto superior, mais «embranquecido». Toda essa gente, formada pelo mesmo molde que produziu o meu pai, a política do Estado-Novo, integrou o contingente de retornados que a metrópole recebeu a partir de 1974, mas sobretudo a partir da independência, em 1975 e 1976.

Desenvolveram-se esforços para descredibilizar o *Caderno* com argumentos relacionados com a minha tenra idade e desconhecimento, a minha origem social, o facto de ter vivido no Alto-Maé e na Matola, lugares habitados por brancos menos instruídos.

Nada me beliscou e continuo a viver em absoluta paz com o que escrevi.

A obra foi muito bem recebida pela crítica, pela Academia e pelos leitores em geral. Fez cinco edições, e é lida e estudada no mundo inteiro. Mudou a minha vida, trazendo-me amizades, conhecimentos e confirmações, aos milhares, e levando-me a lugares onde nunca tinha pensado ir. De um momento para o outro, desconhecidos passaram a abordar-me comovidamente, numa quase psicanálise coletiva. «Eu vivi isto.» «Eu fiz aquilo.» «Os meus pais diziam aqueloutro.» «Eu sei perfeitamente o que sentiu quando...»

O *Caderno* tem uma vida própria, que quem lê reconhece, como se de repente se abrisse uma janela e o vento trouxesse intacto o ambiente do passado, descongelado, inteiro e autêntico, com os seus ruídos, cores e odores; mas o livro também ficciona para dizer a verdade, esse outro grande paradoxo da literatura. Pode esperar-se que os factos relatados correspondam ao que foi testemunhado, vivido e sentido, não que sejam um relato literal isento de trabalho literário.

Em conferências, mesas-redondas, entrevistas, tenho sido confrontada, várias vezes, com um mais ou menos assumido «desejo coletivo» de compartimentar as ações da personagem do meu pai relativamente aos negros, singularizando-o, remetendo-o para um grupo de indivíduos menos bem formados e de origem social mais baixa, que não correspondem ao estereótipo definido pelo discurso vigente sobre a elite colonial da província de Moçambique.

Sobre o meu pai, pessoa responsável direta ou indiretamente pela minha formação, educação, pelo que sou e alcancei, e por isso mesmo, cabe-me esclarecer um ponto que não pode ser ignorado no que respeita a como decorria a vida na colónia.

Enquanto o meu pai tratava com os negros, para que as instalações elétricas das casas onde os brancos, de primeira e de segunda, ficassem prontas a tempo e horas, estes aproveitavam os dias austrais da Pérola do Índico, e deixavam uma quinhenta de gorjeta ao preto da Baixa, que lhes engraxava os sapatos, apenas mais um, como os do meu pai.

O trabalho do eletricista da Matola e o do machambeiro do Infulene eram fundamentais para que a cidade funcionasse, porque era desagradável ao branco sujar as mãos, pois «a catinga dos pretos cheirava mal».

Convinha muito, portanto, que o meu pai se levantasse com a aurora para os ir arrancar à palhota ou apanhar na estrada, porque alguém tinha que o fazer, e não seria o branco de primeira, com as mãos administrativas com que recebia, no Banco Nacional Ultramarino, o provento que a exploração do trabalho negro rendia, para usufruto de um sistema de que todos hipocritamente dependiam, sustentavam, e com o qual pactuavam, aceitando a ordem das coisas sem a questionar.

O que ali se mostra é um homem de um tempo, no seu contexto, tão racista como os que eram racistas, e eram muitos, na metrópole e no ultramar.

E como o são, ainda hoje, aqui. Retornados ou não.

Ao longo destes anos, tenho assumido a missão de proteger a personagem do meu pai da fácil e tentadora diabolização que sobre ela é possível desenhar.

Percebi que me cansei de o fazer. Compreendi que não posso controlar o que sobre ele é e será produzido. Existe o meu pai e a personagem. Fico com o primeiro.

O *Caderno* existe por ele e para ele. Foi uma das minhas lições, e esta obra é a carta que quis deixar-lhe.

Quero acreditar que ao mandar-me para Portugal, em 1975, onde nasceu, e donde saiu com o objetivo de não regressar, o meu pai delegou nesta terra, para mim desconhecida, ascendente e poder para me salvar.

Resta-me amar com exigência e desespero a terra negra à qual me confiou.

Nela busco o mapa para o tesouro que aqui escondeu, e que um dia encontrarei.

Sobre *Caderno de Memórias Coloniais*

Paulina Chiziane

Caíram-me muitas lágrimas na leitura desta obra, por me fazer reviver os momentos mais amargos do meu percurso. Deixa-me tratá-la por tu, para estar mais próxima de ti, que em África é assim que tratam os mais novos. Reconheço tudo o que descreves: os nomes, os lugares, os factos. A tua escrita é tão poderosa e tão real, Isabela!

A tua obra, Caderno de Memórias Coloniais, *faz a análise da história a partir de um lugar proibido às mulheres castas: o sexo. Fiquei fascinada. Que maravilha, que coragem, Isabela! Até usaste palavras proibidas às meninas bonitas para mostrar que existe uma outra forma mais verdadeira de ver o mundo. Pela tua coragem, eu te daria a patente de general, de marechal, sei lá, ou um desses ferrinhos ou medalhas que os homens se distribuem entre si. Este livro trata das relações de género, do colonialismo e do nacionalismo. Poucas são as obras literárias que tratam destas questões com tanta profundidade.*

Estávamos eu e tu, cada uma no seu lado da barricada, quando o colonialismo aconteceu. Tu, branca, filha de um colono racista e eu, negra, filha de um colonizado, também racista. Refletindo-nos uma na outra num espelho de preconceitos. Que pena nós, mulheres, não podermos falar de sexo tão abertamente. Brancas ou pretas, fomos todas castradas. Eu tenho a língua castrada e não te direi tanto. De bordados e de receitas de cozinha me é permitido falar, mas não sei bordar nem cozinhar. Falar de sexo é tabu. Mas tu venceste as barreiras, por isso te admiro. Ah, mas se eu pudesse, contar-te-ia mil e uma histórias maliciosas, picantes, saídas das bocas das mulheres negras. Entre cervejas e risos elas gozavam com os brancos e brancas. Diziam elas que homem branco é dinheiro. Homem preto é gosto, é prazer. Deixa que esses brancos nos deem o dinheiro que precisamos para alimentar as crianças. Mulher branca é o quê? As mulheres brancas não têm à frente, não têm atrás, são lisas e frias como madeira seca. É por isso que os maridos delas, quando querem chorar como crianças, vêm a correr para os nossos braços. Nós somos bem recheadas à frente, atrás, e das mulheres macuas então, nem se fala! Estão bem recheadas por baixo das pernas, como um bolo de creme, porque alongam os genitais. O branco não aguenta connosco! Perde a cabeça e esquece o caminho da casa! Pobres mulheres brancas! Elas dormem sozinhas, na cama fria, enquanto os maridos gozam o prazer de viver nos nossos braços.

Através deste espelho de preconceitos, reconhecemos que a história exclui verdades essenciais. Só fala de generais vitoriosos, heróis, batalhas, conquistas. Não diz que esses heróis e generais eram homens e tinham sexo. Não diz que os exércitos tinham paixões e sentimentos. Nem diz que as mulheres brancas participaram na construção do império colonial de uma forma diferente dos homens. Fala de rainhas enfeitadas de rendas e sedas. Não fala do sofrimento, do isolamento, das ansiedades mais profundas das mulheres dos colonos, que deram também o seu valioso contributo na edificação da história colonial.

Isabela Figueiredo, branca, filha de colono racista, tem os mesmos sentimentos que eu, negra, filha do colonizado racista. Ambas reconhecemos que a humanidade atravessa as fronteiras de uma raça. Pretos e brancos, somos todos humanos, e nada mais. Colonos e colonizados tivemos um encontro histórico que hoje estamos a analisar. Guerreámo-nos. Matámo-nos. Odiámo-nos e amámo-nos. Contruímos juntos e construímo-nos mutuamente, para o bem ou para o mal. Esta é que é a verdadeira história. O resto são fantasias. Tretas.

O colonialismo era baseado no catolicismo e no patriarcado. Para a representação desse sistema, não poderia existir melhor imagem senão a do pai racista, através da qual transcorrem todas as ideologias e práticas coloniais. Foi a escolha acertada. O colonialismo é masculino. O macho agressor invade. Penetra no mais profundo da intimidade, de armas em riste, agride e mata, como um violador de mulher na estrada deserta. Nesta obra, o pai é muito macho, gosta de f...r e vai às pretas, tem voz, é ativo, comanda os pretos, e esbofeteia qualquer um. O seu poder não conhece limites. As primeiras grandes vítimas deste sistema cruel foram, sem dúvida, as mulheres brancas.

A imagem da mãe foi outra escolha acertada, pois através dela se apreende a violência do machismo colonial, tal como descreve a autora:

... o corpo da minha mãe era geométrico e seco. Não tinha autorização para lhe tocar. No corpo da minha mãe apenas me interessava o seu peito grande e mole... Tocar na minha mãe era uma atitude pouco própria. O corpo do meu pai, pelo contrário, sólido, redondo, disponível, revelava-se uma colina à qual podia trepar, ...

Daqui podemos ver que o corpo da mulher branca era simples objeto de prazer, tal como o corpo dos colonizados que se podia torturar, matar, usar a bel-prazer. O corpo da mãe era seco, não tinha rega, claro, porque o pai regava as pretas e não a sua mulher branca. Ao afirmar que só as mamas grandes interessavam, a autora demonstra que, tal como qualquer negro, a vida da mulher branca valia apenas pelo seu uso, na reprodução das crianças, e servir simplesmente o marido. O corpo das mulheres brancas ou negras, o corpo da terra africana, só o homem branco podia usar, tocar, abusar e violentar. Aqui o continente africano é também representado no feminino, que só o homem branco podia usar, abusar e violentar.

A história é território do pai. O debate, a ideia, o pensamento, a ação, são o domínio do masculino. As vozes mais profundas das mulheres brancas são sempre excluídas, reprimidas, silenciadas. Delas, a obra apresenta apenas os seus gracejos maliciosos, cacarejos de galinhas poedeiras no quintal da história. O único direito que essas mulheres detinham era de fazer círculos de chás, onde exerciam a má-língua sobre os outros. Colocando os estereótipos coloniais ouvidos dos seus próprios maridos. Vendando os olhos para o verdadeiro problema delas que era a submissão colonial a que estavam sujeitas pelo facto de serem mulheres. Para elas, as negras eram cadelas, discurso muito masculino, ardilosamente tecido para camuflar as tendências poligâmicas do homem branco em terras africanas. Não se podia aceitar que um branco tivesse duas esposas, uma preta e outra branca, era mais prático dizer que o branco tinha uma esposa e uma cadela.

A voz da Isabela Figueiredo emerge em protesto contra este machismo do sistema colonial, que não reconhece a dinâmica das relações de género, que a sociedade colonial construiu entre os homens e as mulheres. Só fala de batalhas, vitórias e tretas dos homens. A mulher branca é invisível, é silenciada, demonstrando desta forma que as mulheres brancas são as principais vítimas da violência do colonialismo, mesmo antes dos negros. A mulher branca não tinha voz, tal como todos os pretos e pretas. Não era autorizada a falar alto, mesmo dentro de casa ou no círculo dos amigos. Elas não tinham direito à sua própria sexualidade, tinha que ter o sexo estreito e casto, tal como os colonizados que não tinham direito à sua terra e à sua liberdade. Elas não tinham o mesmo direito de escolher os parceiros sexuais e seriam excomungadas do grupo se se envolvessem com um negro, tal como os negros não tinham voz nem o direito de viver, tal como bem descreve a autora: ... morrer foi sempre fácil naquela terra, antes ou depois...

A ida às pretas é um reflexo das ideias do luso-tropicalismo de Gilberto Freire, reafirma a suposta superioridade sexual do colonialismo, dando carta-branca para a violência sexual contra todas as mulheres negras. Dar dinheiro à mulher negra diante do marido é um ato de exorcismo dos fantasmas criados pelo poderoso mito da virilidade do homem africano, que atormentava as mentes dos homens brancos. É a melhor forma encontrada para disciplinar o sexo do homem negro. Era preciso castrá-los. Apagar o fogo sexual e reduzi-los à condição de mulher. Humilhar um homem, qualquer que seja, diante da sua mulher, é sempre. Nada melhor do que esta passagem para entender como a autora descreve a vingança sexual do branco sobre o negro.

... Ernesto não ia trabalhar há três dias. Era preto e os pretos são preguiçosos, queriam passar a vida estendidos na esteira a beber cerveja e vinho de caju... o meu pai gritava lá dentro, e aos safanões trazia-o para fora... E eis que o branco mete uma nota na mão da mulher e diz-lhe, dá de comer aos teus filhos...

Já no final desta obra o pai da Isabela fala de liberdade. Parece estar em busca de redenção. Ele sonha com a liberdade para a própria filha. Apesar de ser colono, de reprimir a mulher, conhece a importância da liberdade e diz:

... tens que ter uma profissão que te permita viver a tua vida, com os teus filhos ou não, sem depender de nenhum homem. Sem estares às custas de ninguém. Tens de ser dona de ti mesma. Tens de ser livre. Compreendes?

Liberdade é o que ganhou a autora com a publicação deste livro, que elevou a sua voz para clamar por uma sociedade de justiça, entre todas as raças. O caminho para a liberdade é longo. Doloroso. Penoso. Mas a Isabela Figueiredo percorreu-o com coragem e valentia, atormentada pelo doloroso sentimento de traição. Deu uma nova vida à sua alma, num ato que considero de amor ao próximo.

Não é ao pai a quem ela dirige a crítica, mas a todo um sistema personificado na figura de um homem. Afinal a maioria dos brancos comportava-se da mesma maneira. Não se trata da mãe, mas de uma vítima de um sistema, tal como a maioria das mulheres, brancas ou negras. Tem um sentimento de traição e remorsos? Porquê? Quem somos nós para julgar a história, condená-la ou absolvê-la? De que traição se trata, se todos, colonizadores e colonizados, éramos apenas vítimas desse mal chamado colonialismo?

A viagem para o futuro exige sempre uma paragem, um olhar para trás. Uma avaliação do percurso, que a autora faz com muita mestria na presente obra. Ela sonha com um mundo de igualdade e por isso repudia o racismo, o machismo e todas as formas de violência do sistema colonial, para que estes males não se repitam no futuro. Que ganhamos nós com a violência do colonialismo? E o que é que perdemos? Construiu-se uma civilização de terror e de ódio entre os povos. De genocídio dos índios na América e dos negros em África. Criou-se um mundo de dor, de terror e de crimes sem fim. Será que para construir uma civilização é preciso matar, violentar, torturar?

Com o colonialismo perdeu-se a oportunidade de aprender as lições que a África tem para dar ao mundo. Para um negro, a liberdade é o bem mais importante na vida, por isso lutam por ela durante séculos. Para um negro, a alegria é a base da sobrevivência, por isso sorri e canta. Mesmo tratados como animais, mortos aos milhões, vivendo com pouco ou quase nada, nunca perderam a alegria. Os africanos mostram pela experiência que a felicidade vale mais que a fortuna. Por isso dançam na alegria ou na tristeza. No nascimento ou na morte, porque a paz é a essência da humanidade.

Saúdo a Isabela, por esta obra que é um apelo à construção de um mundo mais justo entre todas as raças. É uma exortação para que as mãos dos brancos e dos pretos se unam na construção de uma civilização livre do terror e da opressão.

Por mim, desejo que a África tenha um coração bom para perdoar a violência colonial exercida durante séculos, que é denunciada nesta obra de Isabela Figueiredo. Que os africanos mantenham viva a hospitalidade e fraternidade com que recebeu os brancos na hora dos chamados «descobrimentos». *Que seja a África de hoje e de amanhã um lugar de paz, onde todas as raças construam um mundo novo, sem sangue, nem choro, nem escravatura. Que seja a África a vanguarda da revolução, para a construção de uma civilização de amor.*

Sobre *Caderno de Memórias Coloniais*

José Gil

Nenhum livro restitui, melhor do que este, a verdade nua e brutal do colonialismo português em Moçambique. Até porque, como a autora refere, ele aparece envolvido pelo mito da sua mansuetude – sobretudo quando comparado, como era sempre, com o apartheid *sul-africano. Mito tão interiorizado pelos próprios colonos que através dele, como por uma lente, percepcionavam a realidade de que constituíam um elemento decisivo – como considerar-se a si mesmos violentos e prepotentes no tratamento que davam aos negros? A verdade escondia-se sob a boa consciência necessária à regularidade quotidiana da vida «paradisíaca» dos brancos. Para a desenterrar era preciso ir procurá-la nas sensações infinitamente vibráteis e virgens de uma menina, filha de colonos, que vivia à flor da pele o sentido mais profundo de tudo o que acontecia.*

Todas as crianças trazem a verdade imediatamente no corpo e nos afectos, quando não a recobriram ainda com o texto dos adultos. Mas o que tornou a criança que foi Isabela Figueiredo uma caixa de ressonância particularmente sensível e poderosa – e menos domável do que a da maioria dos «pequenos colonos brancos»? O Caderno de Memórias Coloniais *é um livro extraordinário também porque dá a ver a trama complexa de factores que, convergindo numa vida, fizeram com que esta exprimisse os mais finos meandros da realidade colonial.*

O filho de colono nasce em estado de cisão. Múltipla cisão: entre o mundo material e elementar de África, com os seus espaços imensos, o excesso em tudo, no sol, no calor, na chuva, nas cores, nos ruídos, nos perigos – e o mundo cultural de Portugal, recitado na escola, veiculado por uma língua inapta para captar a geografia, a fauna e a flora africanas que as línguas indígenas conheciam bem; entre o universo dos negros, contíguo e opaco, daquela terra imediata e desconhecida, e o dos brancos, aparentemente transparente, mas sempre inconscientemente residual, artificial; entre a vastidão do mundo indígena que se perdia no mato e na selva e que se sabia sem se saber que estava ali desde sempre e a pequenez do mundo europeu, confinado às cidades, com uma história curta e limitada – mas que detinha o poder sobre aquela imensidão. Divisões e separações que se multiplicavam, em inúmeros domínios e aspectos da vida colonial. Cisão que abria um vazio no espírito dos colonos, uma espécie de abismo aonde se precipitavam as emoções, a sensualidade e a sensibilidade das crianças. Não mediados nem suficientemente trabalhados pela linguagem e pela cultura, os afectos intensificavam-se naturalmente. Sobretudo se – como era o caso da pequena Isabela – conviviam ou tinham contactos permanentes com as crianças negras.

Nesta divisão primeira do ser do colono outras se enxertavam. Isabela herdou logo uma série de cisões particulares: a do amor e do medo do pai, a do apelo da sensualidade do corpo e a sua repressão pela educação a que se devia submeter, etc. Daqui nasceu muito cedo a condenação do colonialismo em oposição a uma tendência em o desculpar e o redimir (para poder continuar a amar o pai, profundamente racista). É a tensão engendrada por estes dilemas que dilaceram a pequena Isabela e a sua luta para os resolver que formam a trama do Caderno de Memórias Coloniais.

Um fio contínuo liga os grandes pólos estilhaçados desta narrativa: os fios do sexo e da violência. A autora mostra-nos como o sexo e a violência afectiva se imbricam com a violência do investimento político: afinal a violência do pai-macho é idêntica à que ele, electricista branco, manifesta contra os negros que faz trabalhar. E o medo que inspira à filha é proporcional à indignação que ela sente por ele, enquanto racista brutal. A violência articula o poder colonial e o poder machista. Neste sentido, quando a jovem Isabela se ergue contra o pai, está ao mesmo tempo a defender uma causa feminina (embrionariamente feminista) e uma causa política (anticolonialista). Mas a violência cinde-se no amor absoluto pelo pai e na revolta contra ele. Porque se distribui por forças contrárias, a própria violência afectiva armadilha o amor pelo pai – que ela trai, num remorso infinito. Isto é, trai-se a si mesma, permanecendo dividida dentro de si.

Tudo parece armadilhado: o desejo, o amor sem sexo pelo pai e o fascínio sensual sem amor pelos negros, a pertença ao mundo dos colonos e a atracção pelo dos explorados. O sexo surge então como a linha de fuga capaz, talvez, de trazer a solução de todos os problemas. O sexo, o corpo, conciliavam, por momentos, os dois mundos: o episódio da gravidez fantasmada, provocada pelo filho do vizinho mulato, ou o do desejo que sente pelo seu primo, são disso exemplo. «O meu corpo tornou-se devagar a minha terra.» O corpo será o novo território onde o desejo se refugiará. Um território apaziguado? «O meu corpo foi uma guerra, era uma guerra, comprou todas as guerras»... O corpo descobria-se habitado por um outro corpo... A cisão continua.

Um outro factor contribuiu para transformar a infância de Isabela Figueiredo num destino: o estatuto social do pai, electricista. Numa colónia (dita «província ultramarina») caracterizada por uma população branca hegemónica de boa burguesia, sem a presença forte do «pequeno branco» como em Angola, os portugueses pobres ou modestos que emigraram não se sentiam senhores, no topo da hierarquia social. Moçambique era conhecida por albergar «a aristocracia das colónias». Um electricista branco sentia o peso dos brancos que detinham o poder real do colonialismo português. A violência aberta que o pai de Isabela exprimia, era a que ele recebia dos brancos e expulsava sobre os negros. Não era típica da elite colonial que exercia a sua de maneira mais subtil e escondida. Dessa violência sem freios que vinha também, certamente, da história pessoal do pai, a filha recolheu e sofreu os efeitos traumáticos: o amor-ódio, a desapropriação de si no mais íntimo da sua carne.

Como é que Isabela Figueiredo foi resolvendo este múltiplo e violento estilhaçamento gerado pela sua condição de filha de colonos? O livro não o diz claramente. Esboça apenas algumas das vias encontradas. Uma delas foi a escrita. Desde aquele «milagre» da revelação de que «sabia ler», milagre que a «desenfeitiçou», a libertou – «foi quando, devagar, comecei a tornar-me a pior inimiga do meu pai» –, até à assunção, consciente, da sua vocação de escritora, a autora deste Caderno… *procurou, na escrita ou através dela, a salvação para a sua vida. O que não significa que a escrita tenha uma função só terapêutica. Não, se este livro entra num processo geral de cura, é porque é um meio violento de expressão, um testemunho e um manifesto político, um grito existencial e um trabalho literário.*

Enquanto obra literária, quero sublinhar a estranha e conseguida maneira de descrever da autora. Graças a um trabalho extremo de despojamento, a narrativa adquire um poder extremo de evocação. A presença do real irrompe poderosamente por entre as palavras e impõe-se ao leitor, obrigando-o a viver, no seu presente, a história da pequena Isabela e do mundo colonial desaparecido. A escrita apaga-se para deixar passar a realidade que exprime. Estas «memórias» são mais do que lembranças, são a própria vida, ontem--agora, a nossa vida de filhos de colonos (ou não) de

Moçambique. Neste sentido, o Caderno de Memórias Coloniais *de Isabela Figueiredo é mais do que um inventário romanceado de factos e acontecimentos: consegue exprimir-nos como se nós, leitores, tivéssemos todos atravessado o que autora experienciou. Nós todos fomos e somos «a pequena colona branca» com alma de preta, com a existência estilhaçada e o violento desejo de viver.*

José Gil
20-12-2014

Caderno de Memórias Coloniais

Ao meu pai

De cada vez que abria uma gaveta ou espreitava para dentro de um armário, sentia-me como um intruso, um ladrão devassando os locais secretos da mente de um homem. A todo o momento esperava que o meu pai entrasse, parasse incrédulo a olhar para mim e me perguntasse que raio é que eu pensava que estava a fazer. Não me parecia justo que ele não pudesse protestar. Eu não tinha o direito de invadir a sua privacidade.

Paul Auster, *Inventar a Solidão*

A memória humana é um instrumento maravilhoso mas falível.
[...]
As recordações que jazem dentro de nós não são gravadas em pedra; não só têm a tendência para se apagarem com os anos, como também é frequente modificarem-se, ou inclusivamente aumentarem, incorporando delineamentos estranhos.

Primo Levi, *Os Que Sucumbem e os Que se Salvam*

Lourenço Marques, Alto Maé, 1960

Disse alto, com voz forte e jovial, muito perto da minha cabeça:

– Olá!

Era um olá grande, impositivo, ao qual me seria impossível não responder. Reconheci a sua voz, e, ainda no sono, pensei, não podes ser tu; tu já morreste.

E abri os olhos.

1

Manuel deixou o seu coração em África. Também conheço quem lá tenha deixado dois automóveis ligeiros, um veículo todo-o-terreno, uma carrinha de carga, mais uma camioneta, duas vivendas, três machambas, bem como a conta no Banco Nacional Ultramarino, já convertida em meticais.

Quem é que não foi deixando os seus múltiplos corações algures?

2

Os brancos iam às pretas. As pretas eram todas iguais e eles não distinguiam a Madalena Xinguile da Emília Cachamba, a não ser pela cor da capulana ou pelo feitio da teta, mas os brancos metiam-se lá para os fundos do caniço, com caminho certo ou não, para ir à cona das pretas. Eram uns aventureiros. Uns fura-vidas.

As pretas tinham a cona larga, diziam as mulheres dos brancos, ao domingo à tarde, todas em conversa íntima debaixo do cajueiro largo, com o bandulho atafulhado de camarão grelhado, enquanto os maridos saíam para ir dar a sua volta de homens, e as deixavam a desenferrujar a língua, que as mulheres precisam de desenferrujar a língua umas com as outras. As pretas tinham a cona larga, mas elas diziam as partes baixas ou as vergonhas ou a badalhoca. As pretas tinham a cona larga e essa era a explicação para parirem como pariam, de borco, todas viradas para o chão, onde quer que fosse, como os animais. A cona era larga. A das brancas não, era estreita, porque as brancas não eram umas cadelas fáceis, porque à cona sagrada das brancas só lá tinha chegado o do marido, e pouco, e com dificuldade; eram muito estreitas, portanto muito sérias, e convinha que umas soubessem isto das outras. Limitavam-se ao cumprimento das suas obrigações matrimoniais, sempre com sacrifício, pelo que a fornicação era dolorosa, e evitável, por isso é que os brancos iam à cona das pretas. As pretas não eram sérias, as pretas tinham a cona larga, as pretas gemiam alto, porque as cadelas gostavam daquilo. Não valiam nada.

As brancas eram mulheres sérias. Que ameaça constituía para elas uma negra? Que diferença havia entre uma negra e uma coelha? Que branco perfilhava filhos a uma negra? Como é que uma negra descalça, de teta pendurada, vinda do caniço a saber dizer, sim, patrão, certo, patrão, dinheiro, patrão, sem bilhete de identidade, sem caderneta de assimilada, poderia provar que o patrão era o pai da criança? Que preta é que queria levar porrada? Quantos mulatos conheciam o pai?

Os brancos entravam no caniço e pagavam cerveja, tabaco ou capulana a metro à negra que lhes apetecesse. A bem ou a mal. Depois abotoavam a braguilha e desapareciam para as suas honestas casas de família. Como poderia alguém saber de onde eram, e como se chamavam? Os brancos mantinham a mulher algures no centro da cidade, ou na metrópole. E para aí seguiam.

As incursões sexuais pelo caniço não assombravam o seu futuro, porque uma negra não reclamava paternidade. Ninguém lhe daria crédito.

Mas um branco podia, se quisesse, casar com uma negra. Esta ascenderia socialmente, e passaria a ser aceite, com reservas, mas aceite, porque era mulher do Simões, e por respeito ao Simões... Era frequente no caso dos cantineiros e machambeiros afastados da cidade, homens relativamente à parte na sociedade colonial decente, que mais ou cedo ou mais tarde se cafrealizavam.

Para uma branca, assumir união com um negro, implicava proscrição social. Um homem negro, por muito civilizado que fosse, nunca seria suficientemente civilizado.

O meu pai revoltava-se quando encontrava uma branca com um negro, já depois do 25 de Abril, em Portugal. Fitava os pares como se visse o Diabo.

Eu dizia-lhe, para de olhar, o que é que te interessa? Respondia-me que eu não sabia nada, que um preto nunca poderia tratar bem uma branca, como ela merecia. Era outra gente. Outra cultura. Uns cães. Ah, eu não entendia. Ah, eu não podia compreender. Ah, eu era comunista. Como é que tinha sido possível eu dar em comunista?

3

Foder. O meu pai gostava de foder. Eu nunca vi, mas via-se. Uma pessoa que observasse bem o meu pai, os olhos a sorrir ao mesmo tempo que a boca, a sensualidade viril das mãos, braços, pés, pernas... uma pessoa que escutasse a maliciosa rapidez da sua resposta, o sentido de humor permanente e dúbio desse gigante percebia que aquele homem gostava de foder. Eu não sabia, mas sabia. Quando o meu pai me levantava no ar como se fosse uma coisa, ou me transportava às cavalitas, sentia-me fraca perante a força total, dominada, possuída por ela.

Eu nunca percebi nada sobre isso de foder, até aos meus sete anos, ou melhor, conscientemente nunca percebi. Não fazia qualquer ideia sobre como se realizava a procriação. Mesmo muito depois dessa idade, pensava que as crianças nasciam porque os homens e as mulheres se casavam e, nesse momento, Deus punha as mulheres «de bebé». Não dizia «grávidas». Não conhecia essa palavra, e a primeira vez que a disse, a minha mãe deu-me uma bofetada para eu aprender a não dizer palavrões.

A sexualidade do meu pai foi uma questão que só me surgiu, e palidamente, depois dos sete. A certa altura da noite percebi que os meus pais fechavam a porta do quarto e a minha mãe parecia chorar. Houve uma noite em que me levantei, lhes bati à porta e disse, aflita, «para de fazer isso à mãe». Não sabia o que faziam para que a minha mãe sofresse tanto, mas não queria que acontecesse, muito menos sob as mãos do meu pai, e percebia que o que quer que fosse, se era à porta fechada, não podia ser sadio.

Mais tarde, apareceu um livro volumoso debaixo da cama dos meus pais. Era do Dr. Fritz Khan e o título tinha a palavra «sexual». Quando o abri, observei que continha ilustrações de homens e mulheres nus com pelos e órgãos sexuais visíveis. Havia muitas ilustrações absolutamente vergonhosas que me abstenho de revelar. Li o livro deitada a toda a largura da cama dos meus pais, com o queixo apoiado na borda do colchão e os braços caídos para virarem as páginas do livro, no chão. Quando escutava os passos da minha mãe, fazia deslizar o volume proibido para debaixo da cama e fingia uma situação em que me encontrava a ler qualquer outro livro inofensivo. Estava tudo pensado, mas eles perceberam, porque, a certa altura, o Fritz deixou de estar debaixo da cama e deu-me algum trabalho a descobri-lo escondido no guarda-roupa.

Tirar o livro do guarda-roupa para voltar a escondê-lo representava um risco maior. Mas li-o todinho, apesar das dificuldades — a minha mãe tinha demasiado que fazer no quintal! — e fiquei a perceber que o sexo era trabalhoso, eventualmente uma porcaria, embora houvesse interessantes potencialidades a explorar.

O maior choque que sofri com a consciência da sexualidade paterna aconteceu no dia em que o vi, com os meus olhos de dez anos, cobiçar uma rapariga que passava, e atirar-lhe um piropo. Foi na bomba de gasolina que ficava à saída de Lourenço Marques, logo a seguir ao entroncamento onde se apanhava a estrada da Matola. Estou a vê-lo fora da carrinha, braço apoiado na janela, esperando a vez, que o preto viesse meter gasolina — e fazer aquela figura. Que vergonha! O meu pai! Que vergonha! A minha mãe diz que percebia perfeitamente quando ele andava com outras. Mas fazia de conta que não sabia. Calava-se. Que opção havia?!

Contou-me que a polícia chegou a ir lá a casa procurá-lo, para falarem sobre certo caso em que teria ido fazer uma instalação numa casa particular e se teria metido com a dona, uma mulher casada. Imagino a cara da minha mãe e a do polícia «olhe, minha senhora, queremos fazer umas perguntas ao seu marido sobre uma queixa apresentada contra ele». E também estou a vê-lo, sorridente, sedutor, ufano, lançar umas indiretas à senhora, sozinha em casa. Ela pode ter-lhe dado corda e ele avançado com autorização, nunca se saberá. Ou pior, ter avançado sem corda. Conhecendo o meu pai, parece-me menos provável. Ele gostava de mulheres, de jogar com elas a malícia do discurso, os duplos sentidos; gozava com as estratégias da sedução, e deve ter começado por aí. Quero acreditar que deva ter sido assim.

Mas dessa vez saiu-se mal.

Recordo as conversas ouvidas entre mulheres. Eu não tinha idade para entender, pensavam elas, por isso falavam abertamente sobre o que ele fazia nos bairros indígenas antes da chegada da minha mãe, e os herdeiros mulatos que por lá teria deixado antes de casar. As suas surtidas às palhotas teriam sido bastante frequentes. Porque o meu pai, já se sabe, gostava de foder, porque as esposas de colono, quando se juntavam, falavam das cabras das pretas e da facilidade com que tinham filhos uns atrás dos outros, porque eram muito abertas, e também gostavam... e aludiam subrepticiamente ao que se dizia serem as características dos órgãos sexuais masculinos do negro e voltavam ao tema de que as negras gostavam de fazer aquilo... e esta conversa sempre me cheirou a esturro.

Uma branca não admitia que gostasse de foder, mesmo que gostasse. E não admitir era uma garantia de seriedade para o marido, para a imaculada sociedade toda. As negras fodiam, essas sim, com todos e mais alguns, com os negros e os maridos das brancas, por gorjeta, certamente, por comida ou por medo. E algumas talvez gostassem, e guinchassem, porque as negras eram animais e podiam guinchar. Mas, sobretudo, porque as negras autorizavam-se a si próprias a guinchar, a abrir as pernas, a ser largas.

Uma branca cumpria a obrigação.

4

Ele sentia prazer em viver e gostava de comer, beber e foder, isso já expliquei.

O meu pai expirava essa festa dos sentidos.

Lourenço Marques, na década de 60 e 70 do século passado, era um largo campo de concentração com odor a caril.

Em Lourenço Marques, sentávamo-nos numa bela esplanada, de um requintado ou descontraído restaurante, tanto fazia, a qualquer hora do dia, a saborear o melhor uísque com soda e gelo e a debicar camarões, tal como aqui nos sentamos, à saída do emprego, num *snack* do Cais do Sodré, forrado a azulejos de segunda, engolindo uma imperial e enjoando tremoços.

Os criados eram pretos e nós deixávamos-lhe gorjeta se tivessem mostrado os dentes, sido rápidos no serviço e chamado patrão. Digo nós, porque eu estava lá. Nenhum branco gostava de ser servido por outro branco, até porque ambos antecipavam maior gorjeta.

O meu pai, a quem coube a missão de eletrificar a Lourenço Marques desse tempo, nunca quis empregados brancos, porque teria de lhes pagar os olhos da cara.

Lembro-me bem de o escutar à mesa, tagarelando sobre a questão, com a minha mãe, relativamente a determinados brancos que lhe vinham pedir emprego, e que seriam uma boa aquisição, pois, sim senhor, mas o ordenado dobrava ou triplicava, e não, preferia andar ele sozinho a tomar conta das suas inúmeras obras, por onde deixava os seus inúmeros pretos. Tinha doze no prédio da 24 de Julho, mais vinte no Sommershield, mais sete numa vivenda na Matola... e corria a cidade, o dia inteiro, de um lado ao outro, a controlar o trabalho da pretalhada, a pô-los na ordem com uns sopapos e uns encontrões bem assentes pela mão larga, mais uns pontapés, enfim, alguma porrada pedagógica, o que fosse necessário à fluidez do trabalho, cumprimento dos prazos e eficaz formação profissional indígena.

Um branco saía caro, porque a um branco não se podia dar porrada, e não servia para enfiar tubos de eletricidade pelas paredes e, depois, cabos elétricos por dentro deles; não tinha a mesma força de besta, resistência e mansidão; um branco servia para chefe, servia para ordenar, vigiar, mandar trabalhar os preguiçosos que não faziam nenhum, a não ser à força. O que se dizia à mesa era que o sacana do preto não gostava de trabalhar, ganhava o suficiente para comer e beber na semana seguinte, sobretudo beber; depois, ficava-se pela palhota estiraçado no pulguedo da esteira, a fermentar aguardente de caju e de cana, enquanto as pretas trabalhavam para ele, com os filhos às costas. Os brancos respeitavam estas mulheres do negro, muito mais que os seus homens. Era frequente o meu pai dar dinheiro extra às mulheres, quando os ia procurar às palhotas, e os encontrava perdidos de bêbados. Dinheiro para elas comerem, para darem aos filhos.

O negro estava abaixo de tudo. Não tinha direitos. Teria os da caridade, e se a merecesse. Se fosse humilde. Se sorrisse, falasse baixo, com a coluna vertebral ligeiramente inclinada para a frente e as mãos fechadas uma na outra, como se rezasse.

Esta era a ordem natural e inquestionável das relações: preto servia o branco, e branco mandava no preto. Para mandar, já lá estava o meu pai; chegava de brancos!

Além de mais, empregados brancos traziam vícios; um negro, por muitos vícios que ganhasse, havia sempre forma de lhos tirar do corpo.

Em Moçambique não havia televisão e, portanto, não suportávamos o ruído do telejornal, nem dos programas da manhã, da tarde e da noite. Havia os rádios, que, em Portugal, se chamavam telefonias, e que todos empunhavam para ouvir a emissora local, ou a da metrópole, em onda curta, essa muito mais protocolar, dando outro estatuto a quem a escutasse; até porque era preciso um rádio melhor, não um mero transístor minúsculo, ou um xirico[1].

Havia pelo menos uma emissora para os negros, que falava a sua língua e tocava a sua música, e que nenhum branco ouvia, embora a tolerasse nas ruas, no trabalho, nas obras, porque a negralhada ia produzindo, entretida com a marrabenta e mais o batuque e a ladainha incompreensível do landim falado, e os cabos e fios iam progredindo pelas entranhas dos edifícios, como tinha de ser.

Em Lourenço Marques, as pessoas sentavam-se no restaurante, de preferência no exterior, porque as ventoinhas no interior eram inúteis, e o ar condicionado um luxo, conversando, durante prolongadas horas, sobre o *fait divers* colonial; bebiam do bom e do melhor e, eventualmente, fodiam, no final, em casa ou fora dela, legitimamente ou não.

Em Moçambique era fácil um branco sentir prazer de viver. Quase todos éramos patrões, e os que não eram, ambicionavam sê-lo.

Para esse fim, havia sempre muitos pretos, todos à partida preguiçosos, burros e incapazes a pedir trabalho, a fazer o que lhes ordenássemos sem levantar os olhos. De um preto dedicado, fiel, que tirasse o boné, dobrasse a espinha à nossa passagem,

[1] Xirico: marca de aparelho de rádio portátil.

a quem se pudesse confiar a casa, as crianças, e deixar sozinho com os nossos haveres, dizia-se que era um bom mainato. Arranjava-se-lhe farda de caqui, chinelos, dava-se-lhe da nossa comida, comia na mesa do quintal ou na da cozinha, e quando a roupa do patrão ficava coçada, oferecíamos-lha como grande esmola. Ninguém queria perder um bom mainato.

Os pretos começavam a pedir trabalho às nossas portas desde crianças, rapazes e raparigas. Batiam ao portão, abríamos, e apareciam crianças esfarrapadas, descalças, ranhosas e esfomeadas de farinha dirigindo-nos as poucas palavras que conheciam, «trabalho, patrão». Crianças da minha idade ou mais novas. Abria a porta aos pedintes e ficava a olhá-los sem palavras. Não compreendia. Chamava a minha mãe, que rapidamente os enxotava, «vai-te embora, aqui não há nada!», e eu seguia para o meu quarto e continuava a ler Dickens ou o que quer que fosse. Não compreendia.

O prazer de ler um livro amortecia humilhações, e era muito maior do que o de brincar sozinha com os bichos ou imaginando guerras com as roseiras do jardim. Um livro trazia um mundo diferente dentro do qual eu podia entrar. Um livro era uma terra justa. Entre o mundo dos livros e a realidade ia uma colossal distância. Os livros podiam conter sordidez, malevolência, miséria extrema, mas, a um certo ponto, havia neles uma redenção qualquer. Alguém se revoltava, lutava e morria, ou salvava-se. Os livros mostravam-me que na terra onde vivia não existia redenção alguma. Que aquele paraíso de interminável pôr-do-sol salmão e odor a caril e terra vermelha era um enorme campo de concentração de negros sem identidade, sem a propriedade do seu corpo, logo, sem existência. Nada nos meus livros, que recorde, estava escrito desta exata forma, mas foi o que li!

Quem, numa manhã qualquer, olhou sem filtro, sem defesa ou ataque, os olhos dos negros, enquanto furavam as paredes cruas dos prédios dos brancos, não esquece esse silêncio, esse frio fervente de ódio e miséria suja, dependência e submissão, sobrevivência e conspurcação.

Não havia olhos inocentes.

5

Foder. Essa descoberta tornou-se algo que me envergonhava e desejava.

Tinha os tais sete ou oito anos.

Numa das raras ocasiões em que pude brincar fora do meu quintal — o meu pai não estava em casa e a minha mãe deve ter-se querido livrar do empecilho — lembro que voava num baloiço improvisado num ramo de cajueiro, empurrada por um rapazito da vizinhança, mais ou menos da minha idade. O cajueiro situava-se junto aos caboucos e paredes semierguidas de uma nova casa de colonos — e nunca de lá saiu, mesmo depois de concluída a construção. Ironicamente, era a casa da Dona Prazeres. O miúdo era, obviamente, branco, filho de vizinhos de confiança, gente boa da metrópole; havia convivência. Perguntou-me, «Queres jogar a foder?» Jogar a foder?! Ora aí estava uma brincadeira que não conhecia, nunca tinha jogado na escola e não imaginava mesmo como seria. Devo dizer que o Luisinho tinha também apenas uma vaga ideia, embora soubesse mais do que eu.

Era uma miúda curiosa, portanto não me passou pela cabeça recusar a brincadeira. Perguntei-lhe como se fazia e ele esclareceu-me resumidamente, «despimo-nos e eu ponho-me em cima de ti». A ação não me pareceu muito ortodoxa, «despirmo-nos», «em cima de», mas aceitei sem problemas. Tinha curiosidade, e não só. Pressentia ser o que não se podia fazer, portanto devia ser bestial e queria experimentar. Era curiosa, era aventureira, era uma miúda sozinha que brincava com as formigas.

O Luisinho avisou que era melhor irmos jogar para dentro da casa. Mas não existia casa, apenas alguns tijolos já colocados até à altura do que viriam a ser as janelas, nada de teto, apenas chão de terra vermelha. No interior da estrutura encontrava-se já alicerçada e erguida, sem reboco, a divisão em compartimentos a haver.

Escolhemos o que viria a ser o espaço da casa de banho. Deve ter-nos parecido adequado à fisiologia da função. Era um espaço pequeno e dava para as traseiras da futura casa. Escolhemos sem pensar esse espaço mais pequeno, portanto mais fechado sobre nós, mais íntimo. Nenhum de nós sabia muito bem o que estava a fazer, o que era isso de foder. Mas intuíamo-lo. E foi muito simples. Despimo-nos completamente, eu deitei-me sobre a terra, exatamente como nos ensinavam que se devia dormir, pernas e braços bem direitos, o Luisinho deitou-se nuzinho sobre mim, exatamente como nos ensinavam nos livros da escola que se devia dormir, e ali ficámos alguns minutos, nessa posição de difícil equilíbrio, conversando e «fodendo». Eu estava por baixo e daí podia ver a abertura já existente na parede exterior, onde se situariam as janelas. E, num ápice, apercebo-me da figura do meu pai, oh, meu Deus, o meu pai, estou a vê-lo, debruçado nesse vago, com os antebraços pousados no tijolo da abertura da janela, olhando para baixo, observando a cena, apercebendo-se da situação e desaparecendo rapidamente, no meu encalce. Percebi tudo. Levantei-me, derrubando o Luisinho, e agarrando a minha roupa. No momento em que o meu pai deu a volta ao exterior da casa, entrou pela porta da frente e me arrebatou pelo braço, estava o Luisinho ainda em pelota e eu já meia vestida. Segundos antes da pancada, tinha já a certeza absoluta de que foder era proibidíssimo.

Senti durante muito tempo as violentas bofetadas do meu pai a arder no rosto e os golpes que espalhou pelo meu corpo; rosto, braços, nádegas, costas, pernas. Onde caísse. Foi bruto. Depois fechou o meu braço nas suas poderosas garras e fez-me voar para dentro do nosso quintal, onde me largou e pude fugir em direção ao meu quarto, contendo as lágrimas, ardendo, humilhada, pensando que a minha vida acabava ali. Pior que a dor da pancada era a da humilhação por ele me ter visto foder, me ter apanhado no pior dos pecados. Achei que não era capaz de voltar a olhar para ele nem de sair do quarto. Mais tarde ouvi-o contar a desgraça à minha mãe, meio ralhando. Nunca, no resto da minha infância, da minha vida, qualquer um deles falou comigo sobre o acontecido. É algo que não existiu.

Nesse dia longínquo de 1970 perdi a inocência, e comecei a sonhar que fodia com o Gianni Morandi enquanto ele me cantava *Non son degno di te, / non ti merito più.*

6

Ele gostava de viver. Não tinha medo de nada. Com ele tudo era possível.

Tinha uma carrinha *Bedford*, branca, na qual transportava os materiais da eletricidade; cabos, tubos, maquinaria. Na altura, só quem morava no mato é que tinha jipe.

Quando decidia que íamos passear — e decidia-o muitas vezes, a minha mãe tremia. Era certo que o passeio ia acabar connosco perdidos ou acidentados num qualquer fim de mundo, tendo de procurar, a pé, cantinas ou palhotas para pedir ajuda. Enterrávamo-nos ou o carro gripava ao atravessar um riacho ou embatia numa pedra ou num buraco fundo e partia-se o eixo ou acabava-se a gasolina... Eu e a minha mãe dizíamos-lhe «não passa!». E ele, «vocês vão ver!» E víamos! Daquele sítio em concreto víamos horas de paisagem!

Terra, areia, lama. Folhas e casca de bananeira ou palmeira para entalar debaixo das rodas, «e agora vou ver se pega». Seguia-se o «agora, chovar[1], tudo a chovar». Tudo era eu e a minha mãe, com ele à direção.

Findos os preâmbulos dos ineficazes primeiros-socorros mecânicos, o meu pai metia-se pelo mato dentro e desencantava alguém, em alguma palhota, para vir empurrar, desenrascar o branco por uma gorjeta. Eu bendizia sempre essa gente recrutada à força, que para mim surgia do meio das árvores como se viesse do céu.

Saindo da cidade, os lugares podiam tornar-se selvagens e inabitados por quilómetros e quilómetros. Eu e a minha mãe temíamos a noite, e só pensávamos em como sair dos apuros em que o meu pai nos metera por ter descoberto uma estrada que «de certeza devia ir dar a qualquer sítio». O homem era assim.

Era África, inflamante, sensual e livre. Sentia-se crescer por debaixo dos pés. Tremia. Um coração inchado. Era vermelha. Cheirava a terra molhada, a terra mexida, a terra queimada, e cheirava sempre.

Não é que não apreciasse os passeios do meu pai, mas tinha medo. Era criança. Não era o filho

[1] Chovar: empurrar.

homem que desejou. Gostaria que tivesse sido possível o meu pai viver o suficiente para podermos repeti-lo sendo adulta, capaz, mas não sei se lhe seria possível regressar a África, apesar de ter sido a única terra que amou. Nos dias que antecederam a sua morte ainda sonhava andar a fazer umas instalações nuns prédios da Sommershield.

O meu pai nunca amou outra terra. Nos meus sonhos, os caminhos são também, ainda, picadas de terra vermelha batida.

7

Na primeira frase ele tinha escrito, «Esta foto foi tirada na machamba do [não se percebia o nome] num domingo em que se matou um cabrito...».

Li a sua caligrafia perfeita, clara, legível. As habituais chavetas com apartes informativos, sobre segmentos de algumas frases. Vi a mancha de tinta velha, esborratada pelo tempo.

Tinha ocupado todo o verso da foto com informação registada em caligrafia miúda.

Eis-me perante uma foto que contemplo com fascínio, mas sobre a qual nada sei.

Imagino que tenha sido tirada na machamba de um amigo que se estabelecera umas boas centenas de quilómetros acima de Lourenço Marques, algures no meio do mato. Tinha uma cantina ou vivia da agricultura, ou ambas. Seria lá para o Chibuto ou para Inharrime. Chegava-se por estradas de terra batida. O costume.

Ao domingo, a minha mãe calçava-me sapatos fechados de verniz, com fivela. Enfiava-me, pela cabeça, vestidos confecionados por si com tecidos duros, ásperos, comprados no *John Orr's*, que me picavam os braços e o corpinho todo. Calçava-me boas meias brancas, de renda. Todo um guarda-roupa de princesa sob um calor húmido de trinta e muitos graus.

Uma princesa na picada, rodeada de mato. Um desvio. A estrada para a casa do machambeiro. No meio da picada, a princesa de tule.

Aos domingos, submetia-me ao sacrifício. Sabia que era temporário. Sabia que um dia seria adulta e me livraria dos fins de semana composta. Quando fosse adulta estaria sozinha na minha casa e só faria o que valesse a pena. Pensava isto exatamente como o escrevo.

A terra era boa, mas era boa porque estava nua. A picada, a machamba, o mato. Todos nus.

O machambeiro da foto, com botas altas, chapéu branco colonial, manchado de pó, seria conterrâneo das Caldas ou conhecimento que o meu pai fizera nos tempos de solteiro?, quando, ao chegar a Lourenço Marques, foi viver para a pensão da dona Pureza, paradouro de muitos colonos nessa situação?

Costumava mostrar-me a pensão, ao longe, de passagem. «Vês, ali?! Foi onde fiquei à chegada.

Grandes tempos! A Pureza não era grande cozinheira, mas foi-se fazendo. Elogiava-lhe todas as refeições, e quando mais a elogiava, mais ela se apurava. Aprende como se faz!» E ria. A minha mãe virava a cara, fazia orelhas moucas e evitava referências que remontassem ao tempo em que ela ainda não chegara, casada pela procuração, e ele andava à solta e putanheiro, bem lho tinham contado, sempre com pretas para aqui e para ali. A pensão da dona Pureza, esse tempo da vida do meu pai, tudo para apagar.

A filha mais velha do machambeiro foi estudar para Lourenço Marques e ficou hospedada em nossa casa. Tenho uma ideia vaga sobre uma linda rapariga com longos cabelos castanhos, presos com uma fita clara; olhos modestos e doces, de bebé, e um irmãozinho tão mais novo que parecia seu filho.

Quando acabou os estudos regressou ao mato, nunca mais se ouviu falar dela, e eu não estranharia se por lá estivesse ainda. Os machambeiros e cantineiros isolados aguentaram-se melhor, após a independência, que os restantes colonos. Tinham criado uma rede de apoios muito forte entre os locais.

Reconstruo esta foto a partir do total vazio de memória: era domingo, o machambeiro tinha mandado os pretos, que não estão na foto, matar um cabrito e amanhá-lo. A mulher fez com ele um grande guisado à moda da terra de onde tinha vindo. O meu pai levara uns garrafões de pinga da metrópole, da boa.

É muita gente. Sorriem. Os homens sentam-se na mesa dos homens. As mulheres, na das mulheres. Equilibram-se informalmente sobre caixas de madeira e barricas de vinho e azeite, à falta de cadeiras. Eram pobres, mas viviam muito melhor que na metrópole. Eram, como dizia o meu pai, remediados. Tinha cuidado especial em lembrar-mo. «Nós não somos ricos, somos remediados.»

A comida abundava, bem como o trabalho. Falavam muito das suas terras, mas não queriam regressar. Estavam bem. Estavam felizes. Ao domingo pegavam nos carros e conduziam 400 quilómetros para norte ou sul para almoçar num sítio que não conheciam, mas que devia ser lá longe, sempre em frente. Na machamba, longe.

E depois esse tempo acabou, de repente, como um relâmpago rachando a planície.

8

Comparando-me com os negrinhos rotos rondando a porta, rondando os restaurantes onde se comia camarão grelhado com limão e piripiri e galinha à cafreal, pensava que era rica, como os ricos das histórias de Dickens. Eu tinha tudo, eles, nada.

O meu pai explicava-me que não era verdade. Não éramos ricos, mas remediados.

Olhava para a despensa cheia de comida, lá em casa, e tudo me parecia acima de remediado, estranho conceito.

Houve sempre comida em abundância na minha casa, o que ilumina, em mim, o que terá sido o passado do meu pai, esse homem que sobre si pouco falava, sempre cheio da mesma fome voraz que o matou.

As minhas *flats* em Lourenço Marques eram decentes e humildes. Só a casa da Matola era já grande, espaçosa à novo-rico. A minha mãe trabalhava muito no quintal, plantando legumes, tratando da criação. Limpava, limpava, terminava o dia rebentada, batia-me porque eu não queria fazer nada, só ler e imaginar brincadeiras que acabavam fatalmente em mais trabalhos que ela teria de limpar. O meu pai passava o dia, de manhã à noite, a disciplinar pretos pelo trabalho, e de vez em quando confraternizando com eles, tudo com a mesma naturalidade, bebendo e comendo, e nesse momento eram iguais, quando a eletrificação acabava e o trabalho saía bom, e nesse momento eram homens que o álcool unia relativamente.

A nossa vida de remediados, que eu julgava de ricos, deslizava.

Só muitos anos depois, tendo desconstruído mil vezes a figura do meu pai, percebi que ele tinha razão. Vivíamos do rendimento do seu trabalho, e quando após o 25 de Abril veio o período sem lei e sem trabalho da descolonização, as economias duraram o tempo suficiente para me comprarem um bilhete para Portugal, tentar arranjar o motor da *Bedford* — entretanto deixara de haver peças e consegui-las era o cabo dos trabalhos — e subir até ao Songo para arranjar emprego em Cabora Bassa. Nós sempre fomos apenas remediados. Agora é claro.

E eu sou o meu pai. O que resta dele.

9

As mangas pesavam nas árvores, em cachos, penduradas por fios verdes. Pesavam muito gordas, rosadas, levando os ramos a tocar o chão. Da junção da manga a esse caule que a sustinha, escorriam gotas viscosas de resina transparente.

As pretas vendiam mangas no chão, em fila, no bazar de Lourenço Marques. As pretas vendiam tudo no chão, em qualquer lado; estendiam uma capulana velha e faziam montinhos de tomate, de raízes, de mangas, de amendoim.

Tudo o que as pretas vendiam tinha saído das terras que cultivavam, mas não lhes pertenciam, e tudo era bom para comer. As pretas vendiam para comerem elas e os seus filhos e os homens, que nunca são de ninguém.

Um branco e um preto não eram apenas de raças diferentes. A distância entre brancos e pretos era equivalente à que existe entre diferentes espécies. Eles eram pretos, animais. Nós éramos brancos, pessoas, seres racionais. Eles trabalhavam para o presente, para a aguardente-de-cana do «dia-de--hoje»; nós, para poder pagar a melhor urna, a melhor cerimónia no dia do nosso funeral.

Uma branca não vendia mangas a não ser por grosso, a outros brancos que as distribuíssem. Uma branca não vendia mangas no chão, à porta. Mas eu era uma colonazinha preta, filha de brancos. Uma negrinha loira. E a colonazinha negra que eu era vendia montezinhos de mangas do lado de fora do portão da machamba. Três mangas, com mais uma empoleirada no topo. Quatro mangas: uma quinhenta. Eu sabia que era barato, mas convinha vencer a desconfiança dos negros que passavam a pé, vindos da jornada, e se deparavam com a colonazinha sentada no chão, de pernas cruzadas, tomando conta da pequena venda de mangas, que assentava sobre um caixote virado, servindo de banca para o negócio. Era preciso que o preço fosse muito atrativo para que ousassem perder o medo e aproximar-se da menina branca-negra como eles. «Quanto é?», perguntavam de longe. «Quinhenta», respondia. E então eles vinham, hesitantes, surpreendidos, mas sorridentes. Lembro o sorriso grande dos negros. O sorriso inteiro, com os dentes muito brancos de mascar ramos. E compravam. Eram as melhores mangas da minha mangueira, muito gordas de sumo e carne, muito coloridas de rosa e salmão. Só uma quinhenta. Quatro.

Vender mangas ao portão, escondida da minha mãe, era uma desobediência que não compreendia nem resistia a praticar.

Era ser o que tinha nascido.

10

O preto chamava-se Manjacaze. Não sei onde morava, se tinha mulher ou filhos, mas imagino que sim, que morasse numa palhota a duas ou três horas de caminho de Lourenço Marques. Imagino que para pegar às sete da manhã saísse da palhota às cinco. E fizesse todo o caminho respirando a primeira neblina leitosa, rasteira ao chão, depois o nascer do sol bravo e fresco àquela hora.

Manjacaze era o criado do prédio Lobato.

Trazia para baixo todo o lixo dos sete andares do prédio, em grandes bidons que tinham sido de gasolina. Deslocava-os até não sei onde. Não queríamos saber disso. Éramos brancos, queríamos lá saber o que faziam os pretos ao nosso lixo, desde que desaparecesse.

Manjacaze era querido dos inquilinos. Os meus pais davam-lhe sempre as sobras do pão do dia anterior, restos de comida, a roupa rasgada, velha, que tinha deixado de nos servir. De vez em quando, porque éramos católicos e bons — Páscoa, Natal, Entrudo — uma garrafa de vinho ou aguardente, uns fritos da minha mãe. Comida, bebida, objetos que eram dados com altruísmo ao preto bom, ao preto que vergava as costas e a cabeça numa vénia, quando nos via, e que era simplesmente bom, um bom preto.

Vejo Manjacaze muito nítido; as suas mãos secas calosas postas à frente das pernas, com os dedos entrelaçados, enquanto agradecia, muito obrigado, patrão, muito obrigado, senhora, muito obrigado, menina, e se dobrava.

Manjacaze era bom. Os olhos de Manjacaze, ligeiramente amarelados, eram bons. Nunca falava alto, nunca modificava o tom de voz, sorria sempre. Vejo-o retirar os bidons de lixo do elevador de serviço. Posso descrever como os rodava fazendo-os circular para fora, avançando-os até à rua. Sempre do elevador de serviço, o único em que subia e descia, embora fosse ele quem os desencravava a todos, quem resolvia os problemas dos sete andares do prédio Lobato.

Manjacaze, vai lá acima, temos coisas para ti. Muito obrigado, senhora. Sempre uma palavra boa. Manjacaze ajudou-me a acreditar na espécie humana, nos que apesar de humilhados na hierarquia mantinham a dignidade sobre todas as coisas, e a valorizavam como invisível posse sagrada.

Naquela altura, ainda acreditava em tudo, e não poderia antecipar que havia de perder tudo, falhar rotundamente, sobretudo os outros, eu, a normalidade, falhar ano após ano, como se tivesse nascido já manchada.

Manjacaze tinha um ar de avô. Se pudesse sentar-me ao seu colo e ouvir histórias dos pretos, como se isso fosse possível nesta vida! Um negro não tocava numa branca nem como avô. Por isso, apenas sorríamos um para o outro. Não dizíamos nada.

11

Ao sábado trabalhava-se, e o meu pai pagava a semana ao final da tarde. Ao sábado havia milando[1].

Morávamos num terraço da 24 de Julho. O retângulo de cimento que constituía a caixa do elevador elevava-se acima da placa do sétimo andar, como uma espécie de torre de vigia. Subíamos seis degraus bem altos para aceder ao portão metálico dessa construção bizarra como um templo inca.

Ao sábado, ao final da tarde, o meu pai chegava ao terraço com os pretos todos, os desenrascados, os mandriões e os assim-assim. Eles sentavam-se nos degraus da caixa do elevador, constituindo, assim, um anfiteatro de assalariados. Falavam a língua deles entre si. Raramente português. Metiam-se comigo, ou não. Pediam-me para perguntar isto e aquilo ao meu pai. Pediam-me copos de água.

[1] Milando: problema, confusão.

Às vezes a minha mãe dava-lhes sandes ou bolachas. Se era véspera de dia importante, o meu pai podia dar ordem para distribuir copos de vinho ou cervejas com sandes de carne. Esses momentos eram bons.

Observava-os calada.

Dentro de casa, o meu pai sentava-se no topo da mesa da sala, com os livros e blocos de apontamentos onde assentara o trabalho de cada um, mais as notas e moedas para pagar. Havia, por vezes, entre o meu pai e a minha mãe, alguma conferência sobre o valor dos pagamentos a efetuar, sendo que ela tentava normalmente acalmar-lhe os ânimos; dizia-lhe, «não faças isso», dizia-lhe, «fazes mal», dizia-lhe, «só vais arranjar problemas».

Lembro-me de que eram finais de tarde todos em ouro, de uma serenidade animada. Começava a ficar mais fresco. Os corpos largavam a escravidão do trabalho como se larga a pele velha. No dia seguinte seria domingo e ao domingo não se falava em trabalho. Saía-se, comia-se, bebia-se, estava-se à sombra, ouvia-se rádio. Mas, no meu terraço, a essa hora, apesar de tudo, o ar tremia de medo e incerteza.

Gostava de ver ali os pretos do meu pai. De os apreciar. Todos juntos pareciam muitos. Descansavam um pouco. Eram homens diferentes uns dos outros. Uns mais novos, outros velhos, com a carapinha a embranquecer. Uns calados e sérios. Outros sorrindo. Alguns com medo. Outros falando como doidos. Rondava-os, observava-os, enquanto o meu pai fazia as contas; ia lá dentro confirmar; ele estava no mesmo sítio, chateado, praguejando; regressava ao anfiteatro de negros, que se impacientava com o tempo; as contas demoravam. Queriam ir-se embora, que estava a demorar; voltava lá dentro, «estás a demorar»; o meu pai muito tenso, eles que esperassem; corria ao anfiteatro, tinham de esperar. Os fins de tarde em ouro retalhavam os nervos a qualquer um.

A certa altura, o meu pai começava a chamá-los, não sei por que ordem. Podia ser alfabética, ou a da recolha que fazia, às segundas de manhã, nas bombas do Xipamanine, não se percebia. O procedimento era simples. Os negros iam à sala, um de cada vez, e o meu pai entregava-lhes o dinheiro. «Trabalhaste tanto, recebes tanto.» Às vezes eles contavam e reclamavam. O meu pai gritava-lhes que nessa semana tinham estragado um cabo ou chegado tarde ou sornado ou mostrado má cara ou era só porque lhe apetecia castigá-los por qualquer coisa que tinha metido na cabeça. Não sei, tudo era possível. Para além de ter mau génio nestas coisas, tinha os seus preferidos, e aos seus preferidos pagava sempre o acordado, sem descontos. Depois, havia os mais novos, recém-chegados, ou aqueles em quem o meu pai não confiava. E com esses havia muitas vezes milando. Ainda não tinham percebido as regras do sábado ao cair da tarde, que eram só duas: receber e calar. Não era preciso agradecer. Mas se agradecessem, começariam a subir na tabela de preferidos. A única hipótese de não haver milando, era meterem o dinheiro recebido no bolso das calças rasgadas e saírem, cabisbaixos. Se reclamavam havia milando. Não eram poucas as vezes em que saíam da sala com um murro nos queixos, um encontrão dos bons. Havia milando bravo. Ameaçavam o meu pai, falando a língua deles, o que o irritava mais. Eram expulsos. Eu e a minha mãe tremíamos. Entre os negros que ainda esperavam receber, crescia um silêncio tenso.

Depois, tudo se passava muito depressa. O meu pai chamava o resto dos nomes, pagava e punha-os a andar. A seguir ficava doente para o resto da noite.

O meu pai tinha o condão de transformar os finais dourados das tardes de sábado num poço escuro de medo e raiva. Numa doença.

12

Havia o filho do vizinho preto. O que comprou a casa do lado, na Matola, a que tinha a mafurreira na esquina traseira que dava para o telhado na nossa garagem.

Um garoto da minha idade. Eu subia pelo limoeiro velho para fugir à minha mãe, falar sozinha, brincar com os gatos e imaginar mundos novos, um outro mundo reconstruído. Aquele não servia.

Quase engravidei do filho do vizinho preto. Tinha dez anos e o medo pôs-me de cama. Foi por pouco. Deus protegeu-me. O negrito do lado, vendo-me no telhado da garagem, subia à sua mafurreira para falar comigo às escondidas da minha mãe. Foi o único com quem me relacionei profundamente. Chegámos a tocar-nos nas mãos, quando ele transferia para os meus braços os gatos que tinham fugido para o seu quintal. Tinha mãos iguais às minhas, rosa-amarelo-bege nas palmas, mas de preto. Falávamos da escola. De jogos. De bichos, sobretudo de cobras, porque havia inúmeras no mato do seu quintal, e ele gostava de me meter medo com isso. E mostrava-mas já cadáveres. Lembro-me do dia em que lhe disse, «a minha mãe não me deixa falar contigo». Também me lembro de lhe dizer «tenho de me ir embora, que ela está a chamar». Chamava-me furiosamente, muito zangada por não ter acesso ao telhado, e não poder desancar-me à chinelada. Ela tinha medo das minhas conversas com o negro. Eu tinha medo do filho mulato que já devia estar a crescer na minha barriga, de certezinha. Agradava-me o rapaz, e já tinha percebido que quando um homem e uma mulher gostavam um do outro, nascia uma criança. Se eu estivesse grávida do preto, o meu pai podia matar-me, se quisesse. Podia espancar-me até ao aviltamento, até não ter conserto. Podia expulsar--me de casa e eu não seria jamais uma mulher aceite por ninguém. Havia de ser a mulher dos pretos. E eu tinha medo do meu pai. Desse poder absoluto do meu pai.

13

Não gostava de anéis. Os pretos não tinham anéis. Tinham brincos pesados nas orelhas, que se rasgavam verticalmente. Tinham, ao pescoço, fios com sementes vermelhas, fitas coloridas nos pulsos, nos tornozelos, nos braços.

Eu tinha de usar um anel de ouro com rubi. Era feio e apertava-me o dedo. Os negros não usavam nada que os apertasse, a não ser o trabalho do branco. Servir o branco apertava o suficiente. Por isso, os negros, ao domingo, bebiam o vinho de caju que tinham deixado a fermentar toda a semana.

O vinho era branco turvo. Era um vinho sujo; flutuavam pedaços de fibra e casca da fruta. Era fermentado em garrafas de cerveja *Laurentina*, das grandes, ou *2M*, das grandes; bazucas, valentes.

O caju torcia-se como a um esfregão e deixava um sumo áspero e doce, leitoso, que fazia os negros felizes. Sim, ao domingo à tarde os negros eram felizes com o seu vinho de caju. Ao domingo à tarde os negros não eram negros, eram nada; eram como os patrões brancos, felizes, e podiam rir e foder, cantar, cair e dormir. Aos domingos à tarde os negros eram quase brancos entre si.

E tudo acabava à segunda, antes do raiar do sol.

Ao domingo à tarde, a rádio passava o Nelson Ned cantando *Domingo à Tarde*.

Eu também não tinha nada para fazer ao domingo à tarde. Eu também vivia sozinha essas tardes tão tristes. Sim, sabia muito bem o que era passar o domingo sem ter um carinho. Sem amor era impossível viver. Mas era tudo uma questão de tempo, porque mais tarde ou mais cedo haveria de me aparecer o Gianni Morandi de falinhas mansas, a convidar-me para sair ao domingo à tarde, e todos os fins de semana, e quando tivesse 17 anos, e boas notas, e o meu pai me deixasse...

Não era uma canção escrita para mim, mas para as almas marcadas, que podiam sentir a solidão e o vazio. Almas como eu.

O Nelson Ned seria anãozinho, mas sabia bem o que era ser só. E essa ideia levava a que me perdesse em cogitações marginais. Como seria a vida amorosa do anão brasileiro que cantava docemente? Passearia pela marginal do Rio de Janeiro rodeado de belezas de olhos verdes e raça indefinida, as quais lhe desvalorizariam a altura da perna em favor da beleza do canto? Os anões poderiam ser felizes? É que na nossa sociedade não eram lá muito. Mas se cantassem... Uma pessoa, cantando, safava-se sempre. Ou praticando outra arte qualquer. Como o Malangatana, que pintava quadros, e as irmãs Jardim que não faziam nada, mas saltavam de paraquedas, como se podia ler na imprensa, acompanhado de fotos.

Ao domingo à tarde íamos ao cinema. O cinema da Machava passava sessão dupla, com intervalo de meia hora entre cada filme; os mufanas calçados vinham vender Quibons[1] geladinhos aos brancos, e chupas em pirâmide às crianças dos brancos. A enorme sala do Cine Machava dividia-se em três zonas bem definidas: bancos corridos de pau, à frente: primeira plateia; bancos individuais estofados, até ao fundo: segunda plateia; empoleirados metro e meio acima da última fila da segunda plateia, os camarotes, todos forrados a veludo vermelho, luxo dos luxos, só ocupados quando o filme era mesmo muito popular e a afluência o exigia. Filmes como *O Fado*, *A Maluquinha de Arroios*. Cantinflas, Jerry Lewis e Trinitá enchiam camarotes.

Alguns negros iam ao cinema. Calçavam-se e vestiam roupa europeia remendada ou de imitação, costurada no caniço. Sentavam-se na primeira plateia, e, eventualmente, em dias pouco frequentados, na primeira fila da segunda plateia.

[1] Quibom: marca de gelado.

Não estava escrito em lado algum que os negros não tinham acesso normal à plateia ou ao balcão, mas raramente os vi ocupar essas zonas. Havia um entendimento tácito, não um acordo: os negros sabiam que lhes cabia sentarem-se à frente, nos bancos de pau: os brancos esperavam que a pretalhada se juntasse aí, a falar aquela língua deles, olhando para trás a cobiçar a mulher do branco, mas devidamente sentados no banco que lhes pertencia.

Para os brancos, um preto, lá da primeira plateia, nunca olhava para trás por bons motivos. Ou lançava o amarelo do olho contranatura às brancas, ou procurava o que roubar, ou destilava ódio. De forma geral, no cinema ou fora dele, o olhar dos negros nunca foi, para os colonos, inocente: olhar um branco, de frente, era provocação; baixar os olhos, admissão de culpa. Se um negro corria, tinha acabado de roubar; se caminhava devagar, procurava o que roubar.

Ao domingo à tarde íamos ao cinema. Eu levava um anel. Não gostava de anéis.

Os lugares da segunda plateia do Cine Machava assentavam sobre um plano inclinado. Tudo o que caía rolava até à primeira plateia, e ninguém lá iria sem propósito; era o lugar dos pretos.

Eu teria sete anos. Usava aquele anel. Detestava-o. Apertava-me os dedos e eu não gostava de cadeias.

Pensei em ver-me livre da horrível joia, e ocorreu-me uma ideia infalível, que executei na primeira oportunidade. No cinema, na escuridão, a meio do filme, num momento de maior barulho da trama em curso, maior suspense, tirei o anel do dedo, e lancei-o, com o possível impulso, por debaixo dos cadeirões, para que rolasse, inapelavelmente, até à primeira plateia, e desaparecesse, para sempre, nas mãos dos negros, que haviam de lhe chamar um figo.

Num domingo, fi-lo, e respirei de alívio. Adeus, anel. Adeus, suplício. Adeus para sempre. Respirei fundo. Ajeitei-me na cadeira. Havia de dizer que o tinha perdido, que me estava largo, que me tinha caído do dedo sem notar. E depois, nada a fazer. Um anel era caro. Realmente. Mas, paciência. Eu era tão distraída! Sempre a mesma. Sem tino algum.

Nesse domingo comi um Quibom no intervalo. Estava contente. Ninguém reparou que já não tinha o anel.

Nesse dia, já terminava o intervalo, quando uma cena deveras invulgar prendeu a atenção da segunda plateia: um negro tinha saído do seu lugar, lá à frente, e avançava pelo corredor lateral esquerdo, perguntando algo, de fila em fila. O que queria o gajo? Andava a pedir dinheiro, de certeza. E, quando chegasse à nossa fila, ninguém lhe ia dar nada, já se sabia. Que trabalhasse. Não se dava dinheiro a negros, a menos que trabalhassem, e o que se desse seria pouco, para não se acostumarem mal. Quando chegou à nossa fila, pudemos distinguir-lhe, entre o polegar e o indicador direitos, um minúsculo anel dourado com uma pedra vermelha, enquanto perguntava, «Este anel é daqui?».

Olharam para mim sem compreender, enquanto me esforçava por me enterrar na cadeira, desaparecer.

A minha mãe ainda guarda esse anel, em casa, na caixa dos ouros.

14

Tínhamos uns mainatos que carregavam as mercearias da loja do Lousã, em caixotes de cartão. Atravessavam Lourenço Marques a pé, se preciso fosse, com eles à cabeça, às costas; não pensávamos nisso. Carregassem. Era o seu trabalho. Eles aguentavam. Tinham força. Não eram como nós. Resistiam muito. Era da raça. Já vinham a pé lá do sítio onde dormiam, que havia de ser uma palhota clandestina em qualquer lugar no mato, que não nos interessava, desde que não trouxessem pulgas nem piolhos nem parasitas dos que se enterravam na pele.

Se não tínhamos mainatos nossos, tinha o Lousã os dele.

Mas parece que isto só se passava na minha família, esses cabrões deseducados, malformados, exemplares singulares de uma espécie de branco que nunca por lá existiu, porque segundo vim a constatar, muitos anos mais tarde, os outros brancos que lá estiveram nunca praticaram o colun..., o colonis..., o coloniamismo, ou lá o que era. Eram todos bonzinhos com os pretos, pagavam-lhes bem, tratavam-nos melhor, e deixaram muitas saudades.

15

Ernesto não ia trabalhar há três dias. Era preto e os pretos eram preguiçosos, queriam era passar o dia estendidos na esteira a beber cerveja e vinho de caju, enquanto as pretas trabalhavam na terra, plantavam amendoim ao sol, suando com os filhos às costas, ao peito, e a enxada a subir e descer. Preto era má rês. Vivia da preta. Não pensava na vida, no futuro, nos filhos. Só queria descansar, dormitar, dançar, cantar, beber, comer, viver vida boa.

Era absolutamente necessário ensinar os pretos a trabalhar, para seu próprio bem. Para evoluírem através do reconhecimento do valor do trabalho. Trabalhando, poderiam ganhar dinheiro, e com o dinheiro poderiam prosperar, desde que prosperassem como negros. Poderiam deixar de ter uma palhota e construir uma casa de cimento com telhado de zinco. Poderiam calçar sapatos e mandar os filhos à escola para aprenderem ofícios que fossem úteis aos brancos. Havia muito a fazer pelo homem negro, cuja natureza animal deveria ser anulada — para seu bem.

De maneira que, ocasionalmente, aos sábados à tarde, o meu pai tinha de ir ao caniço procurar o Ernesto.

O caniço era para os lados de Xipamanine, ou do aeroporto, ou longe, longe. O caniço era como o labirinto do Minotauro, e o meu pai era o Minotauro que aí entrava e saía, quando lhe apetecesse, para exercer a sua justiça.

O caniço talhava-se de caminhos estreitos, recortados por entradas para aglomerados de palhotas, onde se juntavam mulheres falando, crianças chorando ou brincando, cães sarnosos dormindo, cabritos remoendo capim, pilões pilando milho, vozes altas, latas de comida fumegando sobre o carvão; a vida. O caniço era construído de cana velha, já cinzenta, ou nova, cor de café com leite clarinho.

O meu pai levava-me pela mão, e eu sentia-me portátil como uma mochila leve; ia quase no ar. A terra era vermelha e havia uma poeira cor-de-rosa sobre todas as coisas. Por vezes o meu pai parava e perguntava, onde fica a casa do Ernesto tal e tal? Ah, era mais adiante, perto duma árvore grande, duma cantina velha, dum cruzamento onde estava uma palhota nova, e depois ia, ia, ia, encontrava. O meu pai perguntava, eu atrás, voando sobre o solo vermelho, espreitando pelos recortes das divisórias de caniço atrás das quais se escondia a vida dos negros, essa vida dos que eram da minha terra, mas que não podiam ser como eu. Eram pretos. Era esse o crime. Ser preto. Depois o meu pai encontrava o lugar, é aqui que mora o Ernesto? Onde está o preguiçoso? A mulher apontava a palhota. O meu pai largava-me a mão e entrava. Eu ficava fora, abraçada ao meu peito, no meio das galinhas, dos filhos descalços do preto, da preta, dos outros pretos todos da vizinhança que tinham visto o branco e vinham saber.

O meu pai gritava lá dentro e, aos safanões, trazia-o para fora, atordoados ambos. Segunda, vais trabalhar, ouviste? Segunda, estás nas bombas às sete. Vais trabalhar para a tua mulher e para os teus filhos, cabrão preguiçoso. Queres fazer o quê da vida? Safanão. Soco. E a mulher e os filhos e o bairro todo, e eu, estávamos ali, imóveis, paralisados de medo do branco.

Terminada a função, o branco mete uma nota na mão da negra e diz-lhe, dá de comer aos teus filhos; depois levanta-me no ar, atrás de si, presa pelo seu pulso, enquanto grita ao negro, segunda-feira, nas bombas, ai de ti.

E voamos ambos para fora do caniço. De todo o lado sai, assoma gente, e cães, galinhas, cabras assustadas. Já um nervoso miúdo no caniço. O branco foi lá dentro, deu porrada no Ernesto, agora vai a sair, o branco trouxe a menina, é a filha do branco.

E o homem branco que me leva pela mão voando, atravessa o caniço veloz, procura a *Bedford* estacionada lá fora, senta-se, põe o motor a trabalhar, arranca, olha para mim, então, estás cansada, queres ir beber uma coca-cola? Queres que te deixe provar o meu penalti? Olho-o, não respondo. Aquele homem não é o meu pai.

16

Nunca tinha batido em ninguém, mas dei-lhe uma bofetada, porque ela me irritou, porque não concordou comigo, porque eu é que sabia e mandava e estava certa, porque ela tinha dito uma mentira, porque me tinha roubado uma borracha, sei lá por que lhe dei a maldita bofetada!

Mas dei-lha, na Escola Especial, no intervalo da manhã, encostada aos fundos da sala da 4.ª classe. Uma parede branca. Era a Marília.

Foi premeditado. Tinha pensado antes, se ela voltar a irritar-me, bato-lhe. Podia perfeita e impunemente bater-lhe. Era mulata. E a rapariga comeu e continuou em pé, sem se mexer, com a mão na cara, sem nada dizer, fitando-me com um estranho olhar magoado, sem um gesto de retaliação. Disse-lhe, já levaste, e depois afastei-me para o fundo do pátio, absolutamente consciente da infâmia que tinha cometido, esse exercício de poder que não compreendia, e com que não concordava. Não por ser uma bofetada, mas porque tinha sido à Marília. A Marília era um alvo fraco. Nada podia contra mim. Queixasse-se, e depois?! Eu era branca. Quem poderia cantar vitória logo à partida?

Senti-me muito mal. Depois. A experiência tinha-me saído amarga. Bater nos mais fracos não era nada cristão. Jesus não o faria.

Não esqueci o rosto esguio e o belo cabelo crespo da Marília. Era mulata e não podia bater-me. Não me lembro se cheguei a pedir-lhe desculpa. Acho que não.

17

À saída da porta da cozinha, na casa da Matola, a minha mãe plantara uma alameda de piripireiros que cresciam e me chegavam à testa, lindos de frutos o ano inteiro, nos quais eu treinava a minha coragem e capacidade de resistência. Puxava os piripiris, arrancando-os aos ramos, escolhendo os mais vermelhos e inchados, e comia-os crus, mastigando-os, sofrendo o fogo da terra às primeiras tentativas, mas procurando, mais tarde, encontrar padrões de picante consoante a forma, cor ou tamanho das bagas.

Desejava tornar-me forte. Primeiro um piripiri sem caretas, depois dois, três, chegando aos quatro, e sem limites, até poder atingir a medalha de ouro nos jogos olímpicos da malagueta, que por acaso se realizavam amiúde, e espontaneamente, entre a miudagem da vizinhança, na unidade F do Bairro Doutor Salazar, Matola Nova.

Quem aguentava mais? Quem aguentava sem engasgamentos e trejeitos faciais? Haveria de vencer os rapazes da vizinhança em todos os aspetos passíveis de avaliação, mas, sobretudo, haveria de ultrapassar-me. Ser forte como o meu pai. Ser forte como o meu pai desejava que fosse. E como os pretos — que comiam piripiri sem caretas. Ou como a Helen Keller — que não comia piripiris alguns. Por isso, treinava-me duplamente a cada saída pela cozinha: primeiro, a alameda, os piripiris em crescendo degustativo; segundo, as corridas à volta da casa, porque havia que ser resistente, volta a volta, e quando aguentasse seis, sem parar, rápido chegaria às sete, depois às oito, e ao céu do atletismo. Ser forte. Havia que resistir a tudo, não desistindo. Havia que ser como a Helen Keller. Como o meu pai. Como os pretos. A vida não haveria de me apanhar desprevenida. Havia de viver tudo, viver melhor e bem. Não seria uma minhoca, uma alforreca, uma amiba. Não havia de ser um pau-mandado como as outras mulheres. Eu cá não dobraria. Havia de ser como a Helen Keller. Ou o meu pai. Nesta parte já não entravam os pretos.

Lembro-me: era preciso vencer o fogo e a dor.

18

As camisas do meu pai eram sempre brancas.

Era sábado à tarde. A minha mãe tinha ficado de escrava ao quintal. Aos coelhos que tinham sarna. Ao transplante de nabiças para regos de terra que ela própria cavava, a negra.

Era sábado à tarde, depois do almoço cuja alquimia lhe tinha pertencido.

Era depois de me ter vestido de lavado, e ao meu pai. Como todos os dias.

Sábado à tarde de luz bronzeada nos ombros, de brisa marítima muito fácil através dos cabelos. Trinta e tal graus. O peito movia-se devagar. As narinas abriam-se e fechavam-se, lentamente. Porque era o sul. Respirava-se.

Sentada na *Bedford* branca que o meu pai conduzia na estrada da Matola, a caminho de Lourenço Marques, uma tangerina madura abriu os gomos dentro do meu cérebro.

Uma revelação, um milagre: num segundo, sem explicação, li alto, e de uma só vez, a publicidade pintada nas laterais dos prédios, «*Singer*, a sua máquina de costura; beba *Coca-Cola*; pilhas *Tudor*; com *Lux* cabe sempre mais um; cerveja *2M*, tudo o que a gente quer».

Sumarenta, a tangerina aberta, uma flor no meu cérebro, era doce; e disse ao meu pai, «sei ler». Sorriu-me, «és o meu tesouro». Não disse, pensou, «és tudo para mim».

O meu pai vestia uma camisa de algodão fino, muito branca. Lavadinha, passada a ferro com zelo pela minha mãe, apertada demais no botão da barriga, quase a esgarçar. A pele do meu pai, tostada, brilhava de brilho. E os olhos, de brilho. O sorriso do meu pai sorria sozinho. Sem nada mais escondido. À noite chegaria a casa com a camisa negra de nódoas, porque o meu pai tocava e deixava tocar-se pelo pó, pelo carvão, pelas laranjas, por mim. Agora estava impecável. No bolso da camisa notava-se um resto de nódoa a tinta de caneta rebentada. Coisa de nada. Um milímetro. Impecável.

Essa tarde era feliz: iríamos passear no Zambi, levar-me-ia a comer iogurtes à Baixa, ou talvez fôssemos petiscar moelas ao Sabié. Deixar-me-ia bebericar cerveja do seu copo. Ou um penálti, um tricofaite. Soltar-me-ia a mão, e eu poderia correr, e respirar sozinha, sem cercas, um pouco — respirar fundo, respirar o ar agridoce de catinga, pólen e amendoim torrado — porque ao lado do meu pai nenhum preto pensaria roubar-me; esse medo; ninguém iria roubar-me nem molestar-me, essa culpa de que também eu seria culpada, porque o meu sorriso era demasiado puro; o meu pai estava ali, e as suas mãos eram como patas de urso; contar-me-ia histórias de quando era novo, na metrópole; a da nuvem que desabou fortíssima sobre si, no caminho de Óbidos para as Caldas, e da qual fugiu, correndo à mesma velocidade, e na mesma direção, mantendo-se, afinal, debaixo dela; do que só se apercebeu quando parou de pulmões rebentados, e a nuvem o ultrapassou. Sempre a mesma história. Porquê essa? A sua memória. Não, a minha. As suas histórias ridículas, para que eu me risse, e involuntariamente soubesse que é doce ser ridículo, ser só uma pessoa ridícula, ser uma pedra, um pão acabado de cozer. Ser nobremente ridícula.

Disse-lhe, «pai, já sei ler», e encostei a cabeça para trás, pousando-a na almofada do assento, com os olhos fechados, enquanto absorvia a maresia que vinha do lado direito da estrada, dos sapais que rodeavam a Sonefe. Os meus músculos, sempre tensos, afrouxaram. Agora já não havia guerra em mim, e podia descansar; as regras de leitura fizeram sentido num ápice, só porque a tangerina teimosa decidira abrir-se por inteiro no meu cérebro, como um polvo que estende os tentáculos. Ali, dentro do carro, a caminho de Lourenço Marques, perto da Sonefe, como a primeira menstruação.

Sabia ler. Tinha sido difícil. Mas agora, este milagre. Tão rápido. Sabia ler. Abri de novo os olhos, para confirmar, e li, como se não tivesse feito outra coisa toda a vida, «cigarros LM *long size*, a vida moderna para o homem moderno». Não percebia como tinha acontecido, mas sabia ler.

Esse milagre de ler, essa magia tão rápida no meu cérebro, como se alguém movesse uma varinha à distância ou soletrasse palavras misteriosas, desenfeitiçaram-me.

A partir dessa tarde de sábado, embora a minha prisão física não se alterasse, e os muros continuassem altos à minha volta, em todos os lugares, apossei-me da ferramenta com que escavaria a minha liberdade.

As frases podiam roubar-me a qualquer lugar, levar-me para dentro de mentes diversas, e escutar o que pensavam e não diziam; as mentes dos bons e dos maus e dos mais ou menos, que eram a maior parte; sentar-me em navios perdidos, pairar sobre vulcões e dormir em jardins de rosas e sombras suavemente lilases.

Foi quando, devagar, comecei a tornar-me a pior inimiga do meu pai. A inimiga lá dentro, calada. Que vê e escuta sem ter pedido autorização, porque está incluída, porque faz parte. Foi quando comecei a tornar-me a toupeira.

Só muitos anos mais tarde, compreendi que saber ler, o acesso a essa chave para descodificação do segredo, me transformara, contra todas as vontades, na toupeira que lhes havia de roer todas as raízes, devagar, uma de cada vez, até restar pó.

O meu pai tinha a camisa branca e eu, o seu tesouro, a sua vida, sujei-lha de terra para sempre.

19

No marcelismo, os navios acostavam cheios, todas as semanas. Os colonos chegavam misturados com as tropas e ficavam por ali, alugavam casa, instalavam-se, punham os filhos no liceu, na escola comercial ou industrial, arranjavam um mainato recomendado, ou arriscavam um que lhes fosse bater à porta; os que não trouxessem uma habilitação profissional técnica, académica, ou não dependessem da administração da província compravam uma cantina, perto ou longe, a quinhentos ou seiscentos quilómetros da capital, e vendiam carvão, petróleo, farinha, peixe seco e cerveja aos pretos que saíam do mato e não falavam português. Aprendiam a falar todas as línguas, eram intermediários em negócios, safavam-se bem. Uma parte seguia para o negócio das machambas. A mão-de-obra era praticamente gratuita, e o solo, cultivado, generoso.

A maioria ficava pela urbe.

As tropas iam para o norte e arranjavam, através dos programas de rádio, madrinhas de guerra a quem enviar aerogramas. Eu desejava ser madrinha de guerra. Se já tivesse 15 anos... As madrinhas de guerra eram uma espécie de namoradas via postal, portanto, sem beijos na boca, e eu gostava de ouvir os programas em que se enviavam mensagens, «Maria Albertina Santos, madrinha do furriel Diamantino Russo, colocado em Nova Viseu, na companhia 3470, envia cumprimentos seus e da família, e faz votos pelo seu breve regresso com saúde e boa disposição».

Sabíamos tanto sobre o que faziam os tropas como sobre a política do país. Sabíamos nada.

Não descrevo uma terra ignorando que nela existia uma guerra. Havia uma guerra, mas não era percetível a sul; não sabíamos como tinha começado, ou para que servia exatamente. Pelo menos, até ao 25 de Abril, não se falou disso na minha presença. Nem se evitou falar. Havia guerra porque havia turras. Havia turras porque a natureza humana era maldosa e insatisfeita. A maldade existia em todo o lado e restava-nos lutar contra ela. Daí os soldados.

A guerra era no Norte. Não tomávamos consciência da sua gravidade. Não se falava em homens dos nossos que tivessem sido mortos, não existia para nós esse vocabulário que agora conhecemos, como emboscadas, guerrilha, mina disto e daquilo.

Achávamos que estavam lá pelos quartéis a cumprir a tropa, a fazer umas ações de propaganda. A dar uns encostos nos negros que não se portassem bem, o que era normal. Ou a limpar-lhes o sebo, se fossem teimosos e não obedecessem, o que era pouco provável. Era isso que o meu primo devia andar a fazer no norte; a dar uns encostos aos negros.

O norte era muito distante. Era lá em cima na terra dos macuas e dos macondes. Os turras, todos ladrões, queriam roubar a terra aos portugueses. Vinham da Tanzânia com a pele muito preta e maldosa. Era preciso defender a nossa terra, por isso é que chegavam os soldados de Portugal. Também havia soldados pretos. Esses, faziam-nos comandos, para irem à frente e morrerem primeiro; assim se poupava um branco. Que os pretos morressem na guerra era mal menor. Era lá entre eles.

20

O meu primo nasceu em Lourenço Marques e nunca pronunciou as três sílabas muito difíceis da palavra Maputo. Ma-pu-to. As cinco de Lourenço Marques fluíam líquidas. Muito brancas.

Maputo era nome de preto. Um preto, uma zona selvagem, um rio podiam chamar-se Maputo, Incomati, Limpopo, Zambeze. Uma vila de pretos podia chamar-se Marracuene, Inhaca, Infulene, Xipamanine. Uma cidade de brancos, não. Tinha de ser Lourenço Marques, Beira, Vila Luísa, Mocímboa da Praia.

Xai-Xai era de preto. Ponta do Ouro era de branco. Nenhum branco que tenha saído de Lourenço Marques se habituou a chamar-lhe... outro nome qualquer. Como geleira. Um branco ainda hoje pensa geleira, e emenda, em milésimos de segundo, para frigorífico. Pensa galinha, corrige para frango. Pensa Lourenço Marques e diz, com gozo, com desforra, como se manter um nome fosse manter o que designa, Lourenço Marques. Diz muito longamente e saboreia as sílabas todas. Lou-ren-ço-Mar-ques.

A vida, em Lourenço Marques, era serena, morna, sibilada, muito fluida como o seu nome.

O meu primo quando conseguiu sair em segurança do Maputo, olhou para trás, na estrada do aeroporto, e disse, «nunca mais regressarei a Lourenço Marques». Cumpriu-se.

21

Depois enterrámos-lhe a faca de mato, o revólver e a farda. Tinha estado no Niassa com autorização para matar pretos, e tudo aquilo cheirava a sangue, e cheirou durante muitos anos, mesmo enterrado no chão fértil, incerto da Matola, até se oferecer um tiro nos miolos, já em Xabregas, após ter queimado todas as veias, assaltado ourivesarias na Almirante Reis e assassinado negros a tiro, pelas costas, na Damaia.

Para além disso, foi meu primo direito.

Nas ex-colónias era fácil morrer. Estava-se vivo, morria-se. Havia acidentes de caça, acidentes no mato, acidentes de trabalho, acidentes rodoviários, acidentes. Cortavam-se dedos e saravam-se a seguir, lavados com água fria. A carne crescia no mesmo lugar. Se não saravam, amputava-se o braço ou morria-se de septicemia. Era fácil.

A vida de um preto valia o preço da sua utilidade. A vida de um branco valia muito mais, mesmo que não valesse grande coisa. A vida de um «bife» da África do Sul, dos que vinham com chapéu de mexicano apanhar sol na Polana, isso sim, era vida. Esses, sim, sabiam lidar com pretos, mantê-los com rédea curta.

Matar um preto, no marcelismo, começava a ser chato; a polícia, se descobrisse, vinha fazer perguntas. «Então, ó Rebelo, não viu o peão, e matou-o?»

«Eu não, agente Pacheco, era noite, não havia luzes na picada, o gajo ia bêbado, e atirou-se-me para cima da carrinha, o que é que você queria que eu fizesse?!»

«Que parasse, homem, que prestasse assistência ao preto!»

«Pensei que fosse só uma pancada, que o gajo acordasse dali a umas horas com a bebedeira curada... seguia caminho prà palhota e nunca mais se lembrava disso. É pretalhada. Bebem até cair, e depois lixam-nos a vida.»

«Vou fechar os olhos desta vez, mas veja se não se repete, ó Rebelo, que agora temos ordens da metrópole...»

Matar um preto, a partir de certa altura, começou a dar chatice.

22

No Maputo, após a independência, e mesmo antes, certos militares desmobilizados do exército português que não regressaram à pátria, por serem moçambicanos, negros ou brancos, foram perseguidos e assassinados. Dizia-se, entre brancos, que era a FRELIMO em vingança de guerra. Havia comités de bairro; formavam-se comissões. Ia-se a casa. Revistava-se. Tudo era possível nesse tempo sem lei repleto de campos de reeducação.

Morrer sempre foi fácil naquela terra, antes ou depois.

O meu primo tinha sido educado no mais profundo desprezo pelo negro. Quando fez 19 anos, e o mandaram para o Niassa, partiu contente. Ia lutar pela califórnia portuguesa.

Descia a Lourenço Marques de nove em nove meses, mas já não era o mesmo. Deixou crescer a barba. Era a guerra, e o meu primo nunca falou da guerra. Ninguém falava da guerra. Suponho que não se fale da guerra, nunca.

«Então, são tesos, os gajos, lá no Norte?» Ele sorria, não respondia. «Mas vocês limpam-lhes o sebo, hein? Eles ainda vão ver quem fica com isto.» O meu primo falava pouco e evitava a roda social. Fechava-se no quarto a fumar, e calou-se para sempre. Mesmo que tenha dito uma ou outra coisa depois disso, «sim, não, talvez, não sei», nunca mais falou. Tinha vergonha, o meu primo. Olhava-me com uns olhos vivos, e tinha vergonha de mim.

Era um homem moreno e bonito. Eu tinha 10 anos muito em fogo, amava-o em segredo, e embora não soubesse o que era o sexo, sonhava viver com ele intensas aventuras eróticas. Espreitava-o no seu quarto, que mantinha sempre em meia-luz, onde se refugiava fumando muito. Não sabia o que dizer-me. Tinha vergonha de mim. Eu fechava os olhos e fantasiava que nos amarravam, abraçados, lançando-nos a uma piscina incendiada, e que a intensidade do que era realizado, essa violência, nos queimava de prazer. O meu primo acordou o meu primeiro desejo, e, uns anos mais tarde, matou-se.

23

O meu pai conversava na rua com outros homens. Eu rodopiava à sua volta, como sempre, escutando o ruído distante das conversas.

Era o dia da minha primeira menstruação. Usava um vestido de popelina branca, curto, liso, cintado, e meias de renda dentro de sapatos rasos, de verniz. Tudo era branco, porque me vestiam sempre de branco, como um cordeiro que há de sacrificar-se.

Tinha uns sapatos largos, abriam boca, e tropecei nas escadas, deixando ver, ao fundo, as cuecas manchadas de sangue. Sabia que estavam encharcadas, que não tinha posto um pano, e morri de vergonha, supondo que todos aqueles homens tinham visto o meu sangue. Entre eles, o meu primo muito jovem, muito bonito, com o qual sonhava secretamente; e ele tinha visto as minhas cuecas sujas de sangue.

Graças a esta embaraçosa memória posso datar a minha primeira menstruação.

Era, então, janeiro. Era o dia da minha primeira menstruação. Fazia 11 anos, e regressaríamos de casa de alguém, onde teria escutado conversas de adultos durante horas a fio. Barulho que nada me dizia. «Sim, estou a ouvir.» Que sim, que estava a ouvir, dizia-lhes. Se me perguntassem. Sim, ouvia. Pensava. Olhava. Observava os animais, os bibelôs, as lombadas dos livros da Biblioteca Básica Breve, os mainatos que raspavam o chão, e depois o lavavam com aguarrás, e lhe passavam a cera, e puxavam o brilho com metade de um coco, e um esfregão de lã, até espelhar. Fascinavam-me esses homens enormes, luzidios de negros, vergados no chão, limpando o que sujávamos, servindo-nos iguarias do mar cujas cascas talvez pudessem chupar, e lamber os dedos, enquanto lavavam a loiça sempre calados. E eram meus iguais. Eu via. Tinham mãe, pai, primos... Os olhos eram tão espertos como os meus. Sorriam-me. Falavam-me, quando os patrões não estavam perto.

Eu gostava de conversar com os mainatos. Os mainatos tratavam-me bem, carregavam-me às cavalitas. Brincavam. Riam. Faziam rir. A minha mãe tinha medo que os mainatos me fizessem mal ou me roubassem. A minha mãe desconfiava de mim, adivinhando a minha alma de preta.

24

Soubemos do 25 de Abril a 26. Contaram ao meu pai, ao final da tarde, estando nós na praceta projetada à avenida Latino Coelho, em Lourenço Marques. Sei que estávamos na praceta projetada à avenida Latino Coelho, porque estou a ver o cenário dos prédios, os homens em círculo nas suas balalaicas azuis, cinzentas, castanho-claras, beges, trocando opiniões; e eu, vagueando entre eles e o lancil, no qual me ia equilibrando como entretimento, enquanto escutava. Por momentos agarrava a mão do meu pai, rodopiando à sua volta, puxando-lhe os braços. Ele animava-se na conversa com os outros homens sem deixar de me dar atenção, um «olha lá, rapariga, que cais», um «anda cá», e eu escutava, desinteressadamente, o barulho desequilibrado das vozes, e as emoções que continham. Ouvia de longe. Não ouvia. Só o meu pai me interessava.

Vestia os meus calções de caqui e calçava chinelos de borracha de enfiar nos dedos, comprados nos chinas da baixa. Estava calor. Era final de tarde, e crescia já essa sombra húmida, e o cheiro das árvores e da terra, cansadas de luz; mas o dia não tinha sido tão quente.

A minha mãe tinha subido para preparar o jantar.

Mas é estranha a localização desta memória, porque só fomos morar para a praceta projetada à Latino Coelho após os massacres de 7 de setembro desse ano.

Talvez tivéssemos ido visitar alguém. Talvez o meu padrinho Joaquim, o maluco, que tinha construído uns prédios, quer dizer, os pretos do meu padrinho Joaquim tinham construído uns prédios, porque o meu padrinho não percebia nada de construção, embora soubesse dar ordens, e gritar que queria tudo pronto no dia seguinte, porque depois vinha o canalizador e o eletricista... E também devia saber dar ordens ao canalizador e ao eletricista, mas mal, porque o meu padrinho era essencialmente poeta e suicida, explorador de mulheres e mentiroso. E espírita. Tinha uns zumbidos nos ouvidos e via coisas estranhas. O homem seria clarividente, construtor não, isso é o que me parece.

Lembro-me de uma outra conversa sobre o 25 de Abril, também ao final da tarde, na Baixa, do lado esquerdo do edifício do bazar, cá fora. Um grupo de homens, como sempre, eu a única rapariga, apenas porque acompanhava o meu pai, e participava como testemunha irrelevante nos seus atos públicos. Era a filha do eletricista. Está crescida a tua filha. Andas em que classe? E pouco mais. Ouvia.

A conversa da praceta projetada à Latino Coelho decorreu ao pôr-do-sol, mas não tão tarde. A luz era mais branca. Nesta, a luz caía mais ténue, mais alaranjada. Era a luz laranja do Índico, da mesma cor da terra do Zambi, da Costa do Sol, da Ponta Vermelha, que não é vermelha, é laranja forte como açafrão escuro.

Qual dos cenários é o real? A conversa sobre o 25 de Abril teve lugar lá em cima, no Alto-Maé, ou na Baixa? Foi a mesma conversa? Foram conversas diferentes sobre o mesmo assunto? Prefiro o segundo cenário. Talvez as duas tenham acontecido. A coerência do tempo e do espaço, a uma grande distância, perde-se. «Foi assim», «tenho cá esta ideia». Uma coisa é certa: aconteceu.

Tinha-se dado uma revolução na metrópole. No dia anterior registara-se grande confusão: Marcelo Caetano fugira para o Brasil, o país estava sem governo, havia tropa na rua; era a república das bananas; e como seria nas colónias? Sim, tinha havido confusão na metrópole, e depois?! O Governo tinha mudado de mãos, e bem, que os que lá estavam roubavam-nos todos os dias. Tinham sido os militares. Era bom para nós?! Iam dar a independência às colónias? Ah, finalmente, África ia ser nossa! Finalmente, íamos deixar de pagar imposto aos cabrões da metrópole! Agora, poderíamos prosperar e fazer da nossa terra uma Califórnia. Era isso que a nossa terra ia ser: a Califórnia. A Califórnia, mas como na África do Sul. Com os pretos debaixo da mão, controlados, ou não fariam nenhum. O 25 de Abril ia entregar África aos brancos, e depois íamos ser felizes.

25

Após o 25 de Abril já se ouvia falar livremente sobre a guerra. Os turras entraram pela cidade dentro e foi necessário explicar e perceber de onde vinham, quem eram esses invasores cheios de poder.

Percebi que os colonos desejavam a independência, mas sob poder branco. Eventualmente, partilha de funções administrativas com um ou outro mulato educado, maleável. A FRELIMO era indesejada. Aquela terra, não seria para os negros nem para a metrópole, mas para os brancos que ali viviam. Seria uma independência branca; pretendia-se erguer um sucedâneo de África do Sul-califórnia-portuguesa.

Ainda hoje os vejo envolvidos na mesma nostalgia. «A independência foi mal feita, e os culpados foram o Mário Soares e o Almeida Santos, que nos venderam e entregaram tudo aos pretos.» Eu traduzo, «aquilo que entregaram aos pretos deviam tê-lo entregue a nós, que logo tratávamos da negralhada». Quando revelam, com lágrimas sinceras, «deixei o meu coração em África», eu traduzo, «deixei lá tudo, e tinha uma vida tão boa».

O meu pai, na véspera de morrer, sonhou que andava a fazer uma instalação no Sommershield, e que eu tinha ido com ele na carrinha; depois fomos petiscar ao Sabié, uns pregos; coca-cola, eu; ele, um tricofaite. Estou a ver o meu pai a sorrir. «Gostas?» Sorrio. «Gosto.»

Precisamos de tempo para compreender. Para matar. Para poder olhá-los de novo na cara com o mesmo amor. Para perdoar.

26

As cabeças dos brancos roladas no campo da bola iam perdendo o rosto, a pele, os olhos e os miolos, e o que restava da carne amolgada e dos maxilares partidos.

A negralhada remendava as bolas com trapos já engomados de sangue seco, rasgados aos cadáveres, e assim sustinham a estrutura que se desfazia a cada pontapé, até já não restar senão uma mão cheia de ossos moídos, moles, que depois se chutavam para o mato, atrás do caniço. E vinha outra cabeça putrefacta, até amolecer. Era fim da tarde. Anoitecia rapidamente.

Transmitiram-me o recado no caminho até ao aeroporto, passada a picada de areia alta que vinha das entranhas da Matola, e se fazia a 90 à hora até chegar ao alcatrão. Repetiram-mo. «Não te esqueças de contar.»

À passagem da carrinha formava-se, ao lado, e para atrás, para os que haviam de vir, uma nuvem de poeira encarniçada que se entranhava nas texturas do corpo e da roupa que se vestia. E secava a garganta, as narinas, os olhos.

«... agora, lá, são muito amiguinhos dos pretos, mas tu vais explicar-lhes que isto não é como eles pensam. Defendem-nos, mas ninguém fala do que nos fazem os pretinhos... Contas tintim por tintim os massacres de setembro. Contas tudo o que nos aconteceu. E à Candinha...»

No 7 de setembro o meu pai chegou eufórico. As coisas iam voltar a ser o que eram. «Isto vai voltar a ser nosso; está tudo no Rádio Clube, ocuparam aquilo, os negros estão lixados, estão a contas. Ainda vamos ganhar isto.»

O que significaria «ganhar isto»?

Deixava-me ir. Deixava-me tanto. Não interessava nesse momento. Os dias eram ainda lentos e bons. Se ganhássemos, quem ganharia, exatamente? O que era ganhar? O meu pai estava feliz. Eu estava feliz.

Sorria porque era dele. Sabia quem ele era. Sabia uma parte. Sorria porque já sabendo quem ele era, eu era dele, ainda.

Arrancou-me do chão e levou-me a pé até ao Rádio Clube, às cavalitas.

Havia uma multidão branca frente ao edifício. Homens, sobretudo. Também esposas. Mal vislumbrei o edifício, de uma das esquinas, a da direita. Sei que era a da direita, porque estou a ver essa nesga, sei que estou ligeiramente inclinada para conseguir alcançá-la.

Apenas um edifício, o mesmo Rádio Clube de sempre, onde se realizavam as emissões de variedades que escutávamos à noite.

Mas para o meu pai, e todos aqueles brancos, naquele momento, o edifício do Rádio Clube era símbolo de uma esperança, e todos aí se concentravam ansiosos, como se adorassem o deus político de um templo pagão. Era uma esperança invisível, mas forte, como é a esperança, tornada ali pedra sólida, portanto, palpável. Algo material.

Escutava-se um ruído nervoso.

O ar do fim da tarde fervia de energia de macho, de desejo, de medo. Barulho vão, descargas de voz desafinada, mas em fundo, nos peitos, um enorme silêncio que treme, que devora, uma fome castigada que não sobreviverá ao riscar de um fósforo.

Tudo o que sei sobre o 7 de setembro de 1974 é isto: os brancos estavam a ganhar aos pretos, talvez já não houvesse a tal independência de que se falava, e que os brancos tanto temiam. Mais nada.

27

Descemos os dois de mão dada até à Baixa, para petiscar em qualquer sítio, falando sempre. Talvez moelas, pipis, amêijoas. Um prego. Para o meu pai, uma bebida de álcool cortado a refrigerante; para mim, um refrigerante cortado com a bebida cortada do meu pai.

Ele era fácil demais para mim. Sem me ensinar, o meu pai iniciava-me nos prazeres que já haviam despontado com o estranho fogo atiçado pelo meu primo. Eu gostava da sua presença, de passear com o meu pai a pé, por onde quer que fosse, de mão dada. Não falava comigo sobre responsabilidades, não me penteava nem endireitava a gola do vestido, como a minha mãe. Dirigia-se-me como a uma adulta. Falávamos do que o dia trazia e levava. E ele era livre comigo, aquela coisa sua, parte de si, igual a si.

Muito grande e muito poderoso como um rei-gigante, a sua presença protegia-me de todos os medos irracionais. Esses passeios em que me pegava pela mão e caminhava comigo pelas ruas de Lourenço Marques, até ao Scala, até depois do Scala, vendo montras, pessoas, sentindo cheiros vindos de todo o lado, ao entardecer, enquanto as luzes das avenidas e dos néons se iam acendendo: nunca fui tão feliz. E ele explicava-me, «agora ligaram-nas na subestação do...» Todos os meus sentidos despertavam nesses fins de tarde.

Sentia-me uma pessoa. Sentia-me uma mulher. A sua alma-gémea.

Ninguém me resgatou, me quebrou, me deu vida só por existir, só por estar ali, sorrir-me, dar-me valor. Dar-me a mão. Pegar em mim. Escutar-me. Só ele a quem traí.

Na descida até à Baixa, nesse dia, perguntou-me o que queria ser. Datilógrafa, talvez, respondi. Gostava de máquinas de escrever.

O meu pai explicou-me que isso não garantia a sobrevivência. Que poderia ser engenheira agrónoma. Que se ganharia bom dinheiro; Moçambique era uma terra fértil onde crescia o que se plantasse, e iria precisar de engenheiros agrónomos no futuro.

O que era engenharia agrónoma?

Para o meu pai, o mais importante era a minha autonomia. Tinha de pensar em garantir a minha independência. Ter meios de sobrevivência sem depender de um homem.

Esta conversa é muito clara para mim. Travou--a comigo junto ao jardim Vasco da Gama. «Tens de ter uma profissão que te permita viver a tua vida, com os teus filhos, ou não, sem depender de nenhum homem! Sem estares às custas de ninguém. Tens de ser dona da tua vida. Tens de ser livre. Compreendes?»

«Compreendo.»

«Para isso tens de estudar, tens de ir para a universidade!»

«Sim. Eu vou.»

28

Nessa outra vida distante tive um gato chamado *Bolinhas*. Periodicamente, fugia pela janela da cozinha, e desaparecia durante semanas. Regressava magro, sujo, em sangue, sem uma orelha, falto de unhas, com o rabo cortado, chamuscado e zarolho. Miava à janela por onde tinha saído, abríamo-la, e entrava lento e moribundo, perante a nossa incredulidade. Demorava a recompor-se. Quando ia, nunca dávamos pela partida, nem sabíamos se regressaria.

Também havia o *Gimbrinhas*, que o meu pai um dia trouxera do mato, dizendo, cuidado, é selvagem. O *Gimbrinhas* era enorme, tigrado, e nunca se afastava. Estirava-se ao longo da secretária do meu pai, sobre a papelada das empreitadas, as plantas das obras com a marcação exata da passagem dos cabos elétricos, tomadas, interruptores, caixas e puxadas. O meu pai não o retirava; dizia-lhe, no máximo, com orgulho de macho para macho, chega-te para lá, e o *Gimbrinhas* chegava-se, continuando a sua função de espírito maior da casa. Se o *Gimbrinhas* era selvagem?! Era um bocado. Deu-me umas unhadas na cara porque queria beijar-lhe o nariz. Não estava para aturar crianças. Era um gato muito nobre, muito senhor do mato. Eu tinha-lhe respeito e preferia agarrar-me ao doce *Bolinhas*, que não era tigrado nem selvagem nem tinha vindo do mato nem se via nele qualquer *pedigree* felino.

Depois veio a guerra, ou seja, a FRELIMO, e os gatos ficaram abandonados em Lourenço Marques. Nunca consegui aceitar que tivessem deixado ficar para trás o *Bolinhas* e o *Gimbrinhas*. Não me serviu a desculpa de que os haviam depositado em casa de alguém, tendo daí fugido.

Não podiam transportar os gatos para outro lugar. Os gatos tinham de ficar. Diziam.

Não acredito que tenham fugido.

Disseram que os pretos os comeram. Correu o rumor. Alguém. O vulgo. Os gatos e os cães que os brancos deixaram para trás, não os contentores com a mobília de pau-preto nem os cinzeiros de pé alto, em pau-rosa, ou os dentes em marfim, «foram todos comidos pelos pretos e pelos chinas e pelos monhés».

Nesse tempo não se saía vivo de sítio nenhum. Havia a ilusão da vida na metrópole; de começar tudo de novo, escapar ao caos, ao morticínio.

Depressa se desiludiam os iludidos, marcados pelo desenraizamento.

De todos os morticínios daqueles dias, o que mais me tocou foi o dos animais domésticos, por serem os únicos inocentes em tão complexo jogo de poder.

29

O cão do preto era branco de pelo de arame, era branco no céuzinho rosa da boca, nas unhas, na pelezinha da barriga. O cão do preto parecia um bebé de branco, mas tinha fome.

Os bebés dos brancos não tinham fome, nem se viam bem, encafuados em roupas e cestinhas forradas. Não se conseguia ver bem um bebé branco, mas aos cães brancos dos negros havia muito acesso, bem como aos bebés pretos nus que as mamanas traziam atados às costas ou ao peito, enquanto trabalhavam ou caminhavam. Os meninos dormentes, siameses dos corpos da mãe, saídos da barriga, mas ainda vigorando na aliança do corpo único. Deixavam tombar molemente cabeça sobre o ombro, o peito, as costas da mãe. O calor dos corpos e os movimentos da mulher hipnotizavam as crias.

Os bebés negros eram uma carne animal que demorava a acordar, que se ia criando às costas, sugando calor do sol e da mãe, respirando o ar queimado do capim ardido pela noite, e o cheiro enjoativo das hormonas maternas, a teta morna, mole, caída, doce, que abocanhavam toda. E depois, os meninos, nesse ventre fora do ventre, abriam os olhos, falavam, queriam andar, e andavam.

Em minha casa dávamos comida ao cão branco do preto. Eu levava-o para o nosso quintal e ele era fácil de ir. Arranjava-lhe qualquer coisa. O animal deliciava-se, enchendo a pança. Começou a engordar.

O meu pai dizia que os pretos não tratavam bem os cães. Andavam ossudos de volta das palhotas, comendo os poucos restos, lambendo as malgas dos donos. Para que queriam eles os cães se não os sabiam tratar? Perguntava ao meu pai se podíamos ficar com o *Faísca*, já que o dono não se importava que lhe déssemos comida, ou que o cão estivesse por lá. O meu pai dizia que não. O preto era nosso vizinho e isso seria má vizinhança. Ficar com o cão do preto seria passar-lhe um atestado de pretidão, e, mesmo sendo verdade, o meu pai queria manter boas relações com o dono do *Faísca*, homem que tinha legitimamente comprado e construído a sua casa numa área muito para brancos. Era vizinho.

Trocavam ofertas: o meu pai levava-lhe guisado de carne, arroz de cabidela, coelho na caçarola, cozinhado pela minha mãe; até lhes caíam os dentes, exclamava o meu pai; e vinho português; em troca recebíamos amendoim, batata-doce, maçarocas, aguardente de caju, numas garrafas manhosas, que não bebíamos e o meu pai levava para os seus pretos. Era o leite sujo fermentado, com cascas da fruta a boiar, e beber daquele sumo para sentir o feitiço que tornava a cabeça mais leve devia ser bom. Era. Deixava a língua grossa. Subia.

Os pretos da casa vizinha cozinhavam na rua, em grandes panelões enegrecidos que colocavam sobre o carvão. Num tacho largo, mexiam farinha com peixe seco. Pilavam milho. Assavam maçarocas. Às vezes, carne. Sobretudo galinhas. Pelo quintal havia inúmeras à solta. Debicavam aqui e acolá, enchendo o papo de restos, como os cães. Galinhas cafreais, pequenas, cinzentas, acastanhadas, com plumagem multicolorida, e outras muito bonitas, gordas, de pescoço pelado, que punham grandes ovos e eram boas para chocar. A minha mãe gostava das galinhas cafreais gordas, boas para os pintos e excelentes para a canja.

Os vizinhos pretos tinham uma bela casa que nunca acabaram. Rebocaram-na, e para ali ficou sem muro, sem pintura; à preto. Porque é que não pintavam a casa? Porque eram pretos. Acabava a explicação.

Viviam na rua, debaixo do cajueiro que lhes fazia a sombra. Estendiam a esteira por debaixo da árvore e dormiam a tarde de domingo, e as noites, exceto se fizesse frio ou chovesse.

Pela manhã os panelões, que assentavam sobre a fogueira de carvão, fumegavam levemente, cortando o nevoeiro das primeiras horas. O sol abria-se logo a seguir e era um jorro de sangue atirado para castigo da manhã. Um brilho insuportável. E os pretos levantavam-se e lavavam-se na rua em enormes barris de metal cheios de água da chuva ou da mangueira. Lavavam muito bem a carapinha, os sovacos, o peito, com sabão macaco, com sabão amarelo, com sabão azul e branco, com sabão desinfetante, tal como os tínhamos ensinado. Esfregavam os dentes, durante uns minutos, com o ramo castanho, que iam mastigando pelo caminho, e vestiam-se para ir trabalhar.

Quando ia ao quintal do meu vizinho preto, ficava de pé contemplando as operações. As mamanas velhas falavam comigo em landim[1], e eu percebia só os sorrisos. As crianças não brincavam comigo, porque eu era branca e eu não brincava com elas, por serem pretas. O que mais nos impediria? Olhávamo-nos. Trocávamos risadas. Os nossos pais conversavam. Que conversa poderia ser essa entre um branco e um preto? Que tinham eles a falar?

O meu pai queria saber notícias do bairro. Quando iam alcatroar a estrada, quem ia morar para o talhão G, como ia a vida, se queria um garrafão. O álcool sempre facilitando. E o negro do cão branco, naturalmente, respondia que sim, e falava da vida, do trabalho, dos filhos, das mulhe-

[1] Landim: forma como a população branca designava a língua falada pelos negros do sul.

res, das bebedeiras, do cão que queria estar sempre em nossa casa.

O *Faísca* tinha o pelo hirto, passava fome e ia transitando entre portões, perante a permissividade do dono e do meu pai, dedicados à troca de favores.

O meu pai gostava do preto. Gostava, porque eu conhecia o eletricista, e sabia que quando descia da carrinha e se encaminhava para casa do vizinho, ia com vontade de falar e gracejar. O gaúdio de viver, essa ousadia que a minha mãe compreendia tão mal. O meu pai queria rir, falar sem cerimónias, com a camisa fora das calças, como um preto. «Qualquer dia também pareces um preto», dizia-lhe a minha mãe. O vizinho preto do cão branco devia apreciar o meu pai. A naturalidade do meu pai. A risada larga do branco. Como a sua. A autenticidade extravagante do branco barrigudo, ser-se verdadeiro, ser-se como é. E se o meu pai fosse também já um bocado preto?!

Quando se deu o 7 de setembro, e nos escondemos no corredor da casa, para nos protegermos dos vidros partidos, de pedras que atirassem, de *cocktails molotov*, da morte muito certa, sabíamos lá nós qual, mas gratuita e raivosa, foi o preto do cão branco que nos salvou.

A minha mãe atribuiu o milagre a Nossa Senhora, mais às suas orações. Eu acredito que o preto do cão branco e Nossa Senhora se conluiaram em nosso favor. Só pode ter sido o preto a desviar os amotinados da nossa casa e corpos. «Aqueles brancos, não. Ali não.» Penso que lhe devemos as vidas. A não ser que o Santo Padre Cruz, noutra versão da minha mãe, tenha descido sobre os corações dos sedentos de sangue e lhos tenha amolecido, mas continua a parecer-me menos provável.

30

Diziam que eu já era uma mulher.

Ao meio, na *Bedford*, entre ambos. O carro ia depressa. Estávamos atrasados.

Já não falávamos.

Atravessava os lugares conhecidos, e sabia que era a última vez. Olhava com indiferença as árvores grandes, coloridas, as sombras, a luz de amoníaco da tarde, as esquinas sujas, o caniço pardo dos dois lados da estrada do aeroporto. Não valia a pena fixar uma imagem. Tudo se extinguiria depressa. Não voltaria a esse lugar, que sendo a minha terra, não me pertencia.

A minha terra nunca veio, depois disso, a ser um metro de chão preciso — um talhão do qual se pudesse dizer «pertenço aqui». Ou, «veem aquela janela no 4.º andar, foi ali»; «onde está agora aquele prédio, a minha mãe...».

A minha terra havia de ser uma história, uma língua, um corpo enterrado na esperança, uma ideia miscigenada de qualquer coisa de cultura e memória, um não pertencer a nada nem a ninguém por muito tempo, e ao mesmo tempo poder ser tudo, e de todos, se me quisessem, para que merecesse ser amada.

Quanto custava o amor?

O meu corpo, devagar, a minha terra. Materializei-me nela, e todos os dias voltava ao anoitecer à minha terra, e dela saía de manhã.

Quando parámos no aeroporto, o recado de que era portadora já me tinha sido repetido inúmeras vezes. «Vais contar lá o que nos fizeram. A verdade. Vais dizer.»

O recado era importante: a pretalhada, nesses dias, matava a esmo; prendia, humilhava aleatoriamente. Sentíamo-nos moribundos; já nem se falava de poder. Tínhamos medo. E isto era a verdade. A verdade do fim.

A vida de um branco em Lourenço Marques tinha-se tornado um jogo de sorte ou azar.

Joguei esse jogo, sem perdas de maior, umas semanas antes da partida, enquanto esperava a boleia do meu pai, numa das esquinas da 24 de Julho: a da Escola Especial. Era um lugar com muita sombra, muito fresco, essa esquina.

Vestia umas calças castanhas de tecido de licra, compradas na África do Sul.

Um jovem negro, que se deslocava rápido na minha direção, sem qualquer intenção aparente, sem sinais que o antecipassem, ao aproximar-se, abraçou-me com o braço esquerdo, esmagou o meu corpo contra si, arrebanhando com a mão direita o meu monte de Vénus, apertando-o com força, como espremeria um caju para sumo. Olhou-me nos olhos, muito perto, sem temor, sem culpa. Largou-me sem palavra, e continuou rápido, sem se voltar.

Permaneci na mesma posição, paralisada, muda, com os olhos abertíssimos. Minúsculos pontos brilhantes rebentando ao redor de mim. Não procurei ninguém. Não vi ninguém. Não sei se alguém me viu. Não sei se havia gente na rua.

Não sei se o meu pai chegou logo, se demorou. Quando chegou, subi silenciosamente para a carrinha, e ele levou-me aonde tinha de me levar. Nunca lhe contei isto, nem à minha mãe. Tinha de poupá-los. Evitar chatices. Podia ser um rastilho. Com o meu pai nunca se sabia. Era necessário evitar que ele se metesse em sarilhos naquela época.

O tempo dos brancos tinha acabado.

Um acontecimento como este, em pleno dia, no meio da cidade, no tempo dos brancos, nunca sucederia. A acontecer, garantiria a este jovem linchamento sumário em poucas horas. Haveriam de encontrá-lo. Morreria ele, ou outro parecido, mas haveria morte.

Ele sabia-o. Agora, nada o poderia atingir. Porque o sabia, ousara fazê-lo, olhando-me simultaneamente nos olhos, com vitória. Tudo era possível nesses dias. Mas, sobretudo, tinha chegado o seu tempo, coincidindo com o fim do meu. Eu era ali a figura em carne da terra vencida que pode saquear-se.

«Os negros mataram, à catanada, o marido e os filhos da Conceição, no Infulene; lembra-te disto, desmembraram-no todo, estava espalhado no milheiral... foi o teu pai que lhe encontrou os bocados...!

«Já és uma mulher, tens de lhes contar o que fizeram à Candinha do Jaquim, com o pau... que a usaram todos, e depois lho espetaram por baixo até lhe sair à garganta, até morrer como Cristo.»

Na metrópole não conheciam a catana. Seria necessário descrever as características e potencialidades dessa arma. Só depois contar.

Largas como as de talho, a maior parte, mas mais longas, com lâminas largas, ligeiramente curvadas, ou não, dependendo do tipo de fabrico; pesadas, afiadas, cortando granito. Abriam mato, capavam, esventravam, decepavam, trinchavam.

As catanas eram dóceis às mãos dos negros. E frias. Lavavam-nas cuidadosamente com saliva, lambendo-as, e limpavam-nas à camisola suja. Uma catana valia ouro e tinha vida própria. O seu espírito. Havia um espírito em cada lâmina.

Uma catana podia transformar qualquer corpo vivo numa massa aleatória e informe de órgãos. Em segundos. Era um instrumento de morte e poder como nenhum outro. Uma catana trazia as entranhas descobertas, brilhava, tinha manchas que nunca saíam. Uma catana era a carantonha gozona da morte, com os lábios pintados de vermelho.

Nos dias que se seguiram ao 7 de setembro a negralhada perdeu o freio, e na Machava, no Infulene, na Matola, na Malhangalene, e em todo o lado, chacinou, cega, tudo o que era branco: os machambeiros e família, os gatos, cães, galinhas, periquitos, vacas brancas, e deixaram-nos agonizando sobre a terra, empapando sangue; salvavam-se as escuras galinhas cafreais de pescoço pelado. E os gatos pretos.

«Quando os viste jogar à bola com as cabeças, na estrada do Jardim Zoológico... contas tudo... tudo o que roubaram, saquearam, partiram, queimaram, ocuparam. Os carros, as casas. As plantações, o gado. Tudo no chão a apodrecer. Que nos provocam todos os dias, e não podemos responder ou levam-nos ao comité; que nos postos de controlo nos insultam, nos humilham, nos cospem em cima; que não nos deixam ir à igreja; que prenderam o padre e o pastor adventista por recusarem parar o culto.

«Que nunca sabemos se regressamos a casa. Que depende da vontade deles. Julgam-se reis disto, que é deles, que mandam. Como se eles tivessem feito esta cidade, tudo o que aqui está. Tudo isto que é nosso. Tu vais contar.

«Conta que prendem, torturam, matam sem olhar a quem; que não há comida, que tudo o que chega da ajuda internacional é para os grandes da FRELIMO, que não chega às lojas. Conta quantas horas estás na bicha do pão para chegares de saco vazio.

«Diz-lhes que tudo o que lá ouvem nas notícias é mentira, que o Almeida Santos e o Mário Soares são os cães que nos estão a vender por meio tostão. Que ponham o Spínola. Esse tem pulso. É teso. Tragam-nos o Spínola.

«Diz que não conseguimos vistos para a África do Sul, nem para a Rodésia. Que tentámos tudo. Que havemos de regressar; temos de arranjar espaço num navio para meter a mobília, só com cunha...

«Diz à tua avó... umas caixas grandes, pelo correio... a ver se não chegam com tudo partido. O pau-preto, que lá valerá dinheiro. E as moedas de prata, o peso delas em prata. Ela que aconchegue essas coisas onde houver espaço. Os teus livros da Anita. A ventoinha grande. O candeeiro de secretária do pai. A máquina de escrever. As jarras de porcelana do Raul da Bernarda que trouxe no enxoval. O serviço de chá. A cabeça da máquina de costura. Papéis, fotografias, o teu diploma da primeira comunhão. O serviço de chá chinês.»

31

No 7 de setembro, o Domingos escapou-se à catana por um pescoço negro, e fugiu com a mulher e a filha para a cidade.

O Domingos criava porcos e galinhas no Vale do Infulene. Quer dizer, os pretos do Domingos criavam-lhe os porcos e as galinhas, enquanto ele fornicava a viúva do outro lado da estrada.

A machamba ainda lá deve estar, à beira da velha estrada do Infulene, amurada de caniço dos dois lados, à direita de quem vem do Maputo em direção à Matola, no cruzamento com a picada de areia que ia dar às terras do Cândido.

O Domingos não tinha luz elétrica, porque não fora criado com ela na metrópole, portanto, não precisava. Por isso, a sua casa, à noite, enchia-se da luz mortiça dos candeeiros de petróleo, que tremeluziam através das redes mosquiteiras nas janelas todas abertas. À noite, no Infulene, não se respirava, porque os mosquitos colavam-se às paredes da traqueia e da laringe.

As paredes do Domingos, lembro-me bem, estavam pintadas, de cima a baixo, com uma cor rubra, seca, de mosquito esborrachado há muito tempo. Como se fosse um papel de parede com arabescos. Foi-se fazendo essa pintura, com os anos. Era normal, nas casas fora da cidade. E o Infulene era um pântano.

Não havia nada para fazer, no Infulene, à noite. Havia o silêncio. As luzes dos insetos noturnos. Eu gostava de ficar por lá a dormir com a filha do Domingos, que era minha amiga. Ouvíamos concursos na rádio, ou música no gira-discos. Líamos Sarah Beirão. Ela contava-me a história, exceto o fim, e depois, sim, ela emprestava-me Sarah Beirão. Falávamos de rapazes. Ela falava. Este. Aquele. Na Escola Comercial. E ríamos.

A Domingas era mais velha que eu. Tomávamos banho de imersão juntas. Eu achava-a grande, e bonita, porque já tinha mamas e pelos púbicos, mas na verdade ela era apenas grande.

A Domingas foi quem me masturbou pela primeira vez. Logo pela manhã, com a banheira cheia de água morna, estendeu a sua perna entre as minhas, e procurou, com o pé, a entrada da minha vulva, que esfregou devagar, fitando-me trocista e rindo-se. E eu fitei-a, e ri-me, e deixei-me ficar a olhar para ela, rindo e gozando, igualmente.

Não me custaria tomar banho com a Domingas a vida inteira, mas veio o 7 de setembro, os revoltados partiram a banheira, e tivemos de negar-nos esses prazeres tão higiénicos e marginais.

No 7 de setembro, o Domingos salvou a mulher e a filha, mais nada. A casa do Infulene foi arrombada, saqueada, queimada, o gado levado ou morto. Os negros do Domingos estavam fartos de carregar sacas de farinha e milho e farelo que nunca eram para eles. O Domingos teve sorte, porque o Cândido, o da machamba ao fundo da picada, que, como ele, criava porcos e galinhas, foi assassinado à catanada, bem como os filhos, mais tudo o que era branco e mexia: cães, gatos e galinhas. Os corpos foram retalhados e espalhados pela machamba; nenhuma cabeça ficou perto de nenhuma perna. A mulher do Cândido, que nessa noite ficara na cidade, foi depois ver o que sobrava. Como sobrou nada, a não ser os cepos brancos em putrefação, pediu que lhe abrissem uma cova no chão, onde enterrou o coletivo de homem e filhos e animais, todos irreconhecíveis. Não interessava quem era quem. A vida tinha de continuar, e continuou.

Uns meses depois, o comité avisou que as casas saqueadas e desabitadas, não regressando os proprietários, seriam ocupadas pela população das palhotas. Para os brancos, nada havia a que regressar. Tinham-se esgotado as *flats* para alugar no Maputo. Não queriam perder a propriedade — pelo menos, nessa altura, ainda pensavam poder mantê-la — mas temiam voltar. Assim, o Domingos justificou a casa negociando, com o comité, aulas de alfabetização para o povo, dadas pela filha, que andava no liceu. A filha chamou-me, como ajudanta, e às quartas e sábados, passámos a ensinar as primeiras letras aos filhos dos que assassinaram o Cândido na casa queimada.

Não havia móveis, apenas o chão e paredes de cimento lambido pelas chamas. Os negritos chegavam ao início da tarde, sentavam-se sem ordem alguma, no meio da sala ou encostados às paredes. Vinham descalços e esfarrapados, como desde sempre; vinham com as pernas e os braços brancos e vermelhos de pó e terra, a cara ranhosa e os olhos remelosos. E eu e a Domingas, muito brancas, muito limpas, muito bem calçadas, muito educadas, desenhávamos o alfabeto, a giz, na parede negra queimada, que depois lavávamos para secar depressa e servir outra vez. Trazíamos os cadernos e os lápis, onde lhes desenhávamos linhas de is e us e pês e rês, que tinham de copiar. Não falavam português, a não ser o mínimo, mas entendiam tudo o que lhes explicávamos. E, ao fim da tarde, quando começavam os mosquitos, os filhos dos que mataram o Cândido iam-se embora felizes por ter aprendido muitas letras. Foi assim que, durante doze meses, eu e a Domingas alfabetizámos, com autorização do comité, os negritos do Vale do Infulene.

Era um trabalho verdadeiro, honesto, e não só os ensinávamos a ler e escrever como lhes limpávamos a cara e os assoávamos. Nem eu nem a Domingas tínhamos outra terra nem outro povo. Por outro lado, ambas sabíamos que o nosso voluntariado também nos garantia, e à nossa família, salvo-conduto junto do comité. Era um saber tácito.

Os comités de bairro tinham muito poder. Tudo ali se decidia. A informação chegada ao comité influenciava o futuro de cada um. Tratávamo-nos por camaradas e não fazíamos afirmações políticas, exceto se no-las pedissem, e nesse caso tínhamos decorado a ladainha da conjuntura. Abaixo o lobolo, o fascismo, o tribalismo, os curandeiros, a poligamia. Abaixo tudo o que fosse preciso, pela ordem que preferissem.

Enquanto as meninas brancas moçambicanas fossem as professoras, e aceites, cumpriam uma função solidária, útil à comunidade, o que podia salvar-lhes a pele, e a da família.

Agíamos em modo de sobrevivência, portanto havia palavras que não precisavam de ser pronunciadas. A sobrevivência não espera, não fala. Faz.

Depois mandaram-me embora para a metrópole, para ser uma mulher, e a Domingas continuou, sozinha, a assegurar o património do pai, que nunca foi seu.

Quanto a nós, a guerra roubou-nos o prazer. Rouba sempre.

Quando crescemos, e a vida nos corrompe, torna-se impossível voltar às primeiras letras, às que não conhecem, naturalmente, qualquer corrupção nem mandamento.

Mas isto foi já tudo na outra vida.

32

1975, novembro. Voos da TAP esgotados há meses, para qualquer destino.

Nos dias anteriores tinha havido um corrupio. As malas. Os fundos falsos. As calças de *La Finesse* verde-alface e amarelo-canário, para o inverno português, tão cinzento e castanho e azul-escuro.

Meias. Cuecas. Soutiens. Pensos higiénicos *Modess*. Camisolas de manga comprida. Um pesado casaco de lã verde-clara, fora de moda, apertado à pressa.

Lourenço Marques esvaziava-se de brancos, ricos e pobres, desde muito antes da independência.

Tínhamos ficado para o fim. O meu pai acreditava num reviralho, numa África branca na qual os negros haviam de se assimilar, calçar, ir à escola e trabalhar.

Os negros haviam de nos sorrir, sempre, e agradecer o que fizéramos pela sua terra, quer dizer, pela nossa terra, e servir-nos, evidentemente, porque eram negros, e nós brancos, e esta era a ordem natural das coisas. Não é normal habituar os cães a coleira e trela, ou abater um cabrito e assá-lo? Pois era essa a ordem do mundo.

O meu pai acreditava num movimento de brancos, num outro movimento de brancos, após o de 7 de setembro. Um que havia de vencer mesmo, que seria financiado pela África do Sul ou pela Rodésia. Havia que expulsar o poder negro da cidade, e remetê-lo ao mato, de onde tinha vindo, onde pertencia, e domesticá-lo ou chaciná-lo. Um ou outro, conforme fosse merecido. Uma África de brancos, sim, uma África de brancos, repetíamo-lo.

Porque aquela terra, senhores, era do meu pai. O meu pai era todo o povo moçambicano. Vivia-o em força e raiva. Espumou até ao último dia, recusando baixar a voz perante um negro, mostrar-lhe os documentos, as guias de viagem, tratá-lo por você, dar-lhe a mão em sinal de aceitação da sua autoridade. Com ou sem independência, um preto era um preto e o meu pai foi colono até morrer.

Na véspera da sua morte, quando já não comia nem bebia, sonhou que os pretos lhe tinham metido os cabos pelas paredes, tudo mal feito, e gritava com eles. Andava enrolado naquilo. Sofria. Perguntei-lhe, «ainda te lembras muito do Sommershield?»

Lembrava; sabia de cor o nome de todas ruas, a localização dos prédios, a designação comercial das lojas, em cada esquina, e os nomes próprios e apelidos dos construtores encarregues de cada obra. Recordava cada um dos seus pretos favoritos: o Samuel, o Ninhanbaka…

«Nós tínhamos feito daquilo a América… se aqueles gajos… e estes…», e abanava a cabeça, soltava um rangido, fechava os olhos, encolhia os ombros até ao pescoço, sacudia-se como se quisesse soltar pensamentos: «pretos do caneco».

Em 1975 já não se construía em Lourenço Marques. Tudo parou. Já não havia obras por onde enfiar cabos de eletricidade, e, mesmo que as houvesse, seriam entregues aos cooperantes soviéticos, cubanos, do Báltico, não a um colono malvisto, com má fama, um passado manchado, preso por um fio.

A pouco e pouco, os negros do meu pai desapareceram no caniço, porque já não havia trabalho. Não restou um. Nunca mais vi os pretos do meu pai.

Na escola, o professor de Francês, era preto. *Il était du Sénégal. Noir. Le français au noir!*

A História era a dos reinados anteriores a Gungunhana, essa etnia, e as outras, que eram muitas. E das guerras que travavam. Os bantu, os shona, os do Monomotapa. Os nguni, depois os zulus.

Os brancos riam-se. Aquilo era a história dos pretos! Os pretos julgavam que tinham história! «A história dos macacos!»

Em português escrevíamos poemas sobre o colonialismo, a exploração do homem pelo homem, a luta armada, o fim do lobolo, da religião, da suruma, da candonga; a denúncia dos xiconhoca[1]; a FRELIMO como salvação metafísica, os salvadores do povo, Samora Machel, Graça Simbine, Eduardo Mondlane, esse sim, que era «casado com uma branca, porque fora educado na Europa; nem era bem negro, era mais mulato» — com esse havia «a porca de torcer o rabo, por isso o assassinaram; foi o Samora» — e o Chissano, «falso como Judas».

Em Educação Visual realizávamos trabalhos coletivos: murais sobre a revolução, painéis sobre a revolução, cartazes sobre a revolução... Mas aquilo não era escola. Seria, portanto, necessário dar-me destino. Eu era branca. «Eu já era uma mulher. Era perigoso».

No dia vinte e tal fecharam-me as malas e os sacos, e eu não disse nada, porque uma filha «não tinha querer, não era achada»; atiraram-nas, à última da hora, para a caixa fechada da *Bedford*, sobre tubos, cabos, fichas fêmea e macho, interruptores, e outros aparelhómetros para medição de voltagem, naqueles dias já sem uso; a minha mãe penteou-me aos repelões, como sempre, e disse-me, «hoje, vestes este fato. Vais para a metrópole».

Subi para a carrinha com ordem para não me sujar; não que ma tenham dado — eu sabia — não

[1] Xiconhoca: inimigo da revolução.

podia sujar-me nunca: tinha esgotado a prerrogativa ao nascer. Sujava-me muito, primeiro que tudo, prioritariamente. Nisso, eu e ele éramos iguais. Íamos com a terra. Estávamos envolvidos nela, resolutamente.

No dia vinte e tal subimos os três para a *Bedford*, em silêncio; eu, para o meio; eles, um de cada lado, e conduziram-me ao aeroporto, pela picada que saía da Matola Nova: Bairro Salazar. O meu pai chamava-lhe Bairro Salazar.

A velocidade a que o carro era conduzido levantou pó vermelho que nos cobriu a garganta. Íamos depressa. Atrasados.

Acho que foi a última vez que estive no meio deles. Entre eles.

Nesse silêncio revi a matéria.

Era a portadora da mensagem; levava comigo a verdade. A deles.

A minha, também, mas eles não imaginariam que eu pudesse ter uma verdade só minha, sem a sombra das suas mãos.

E revi a matéria.

33

O meu pai conduzia a *Bedford* branca na picada que atravessava toda a Matola Nova até à estrada de alcatrão que ligava Lourenço Marques à Matola Velha, lá mais ao fundo. E eu não ia de branco. Ele guiava depressa demais, porque estávamos atrasados para o voo. Eu ia nesse dia para a metrópole. O voo era ao final da tarde, e sabia-se que precisaria de umas boas horas para cumprimento de todos os trâmites alfandegários. Conferência de documentos. Vasculhar as malas. Passar no controlo de metais, despir, apalpamento...

Ouvia o estrondo dos cabos de eletricidade, sacudidos pelos solavancos nos buracos da picada, na caixa da carrinha, lá atrás, esse lugar que ia deixar atrás, atrás; passávamos junto à cantina, do lado direito de quem ia, onde os negros esperavam pelas boleias, e vendiam tudo, lenha, montes de carvão, galinhas, cabritos, capulanas, ramos e raízes para mascar. Era aí que eu pedia para me deixarem ir comprar garrafas de cerveja *Laurentina* ou *2M* ou *Seven Up*, ou pedaços de gelo ou enxofre ou óleo ou azeite, ou qualquer coisa de que a minha mãe se tivesse esquecido, e não houvesse outra solução senão mandar-me, porque o meu pai não estava por perto. Podia, nesses recados, descalçar-me às escondidas no mato, e caminhar clandestinamente, sem sapatos, a ver se conseguia que os meus pés ficassem como os pés dos negros, de dedos abertos e sola dura, rachada. E gingava como uma preta, para experimentar o que era ser preta. E as mamanas passavam por mim e riam-se, e os negros também. E diziam-me coisas que eu não percebia, riam-se, a branca, a branca, essa branca do eletricista. E eu ria-me. Tinham reparado em mim. Parecia-me com eles. Tinham-se rido. Ia descalça. E não podia.

Íamos aí, a meio do caminho.

À passagem da carrinha levantava-se uma nuvem de poeira vermelha que caía sobre a carapinha dos pretos e a pele castanha dos pretos, e os tornava irreais, seres tão extraterrenos, intensos, proibidos. Tão misteriosos. Sei que não ia de branco, porque era o dia da minha partida para a metrópole, e tenho a certeza de que cheguei a Lisboa com calças de terilene azul-marinho. E foi junto à cantina, essa cantina, que o meu pai teve de voltar atrás. Esquecera-se de alguma coisa que fazia parte da minha bagagem. O anel de esmeraldas da minha tia, que eu teria de passar na alfândega, no dedo médio; estava muito largo, enrolaram-lhe cordel para o engrossarem e mo cintarem ao dedo; largo, mesmo assim: era de ouro branco com pedras verdes que considerei desprezíveis; tinha outra ideia do que deveria ser uma esmeralda; a minha tia, quando retornasse, não teria dedos que chegassem para os anéis, pelo que os ia distribuindo.

Isso contrariou-me. Não o anel. Voltar atrás. Perder vinte minutos. Vestiria o que me pedissem, colocaria nos dedos os anéis que me entregassem, se quisessem até os engolia, ou entalava-os entre as mamas, como se fazia com as notas, as moedas de prata e as pedras preciosas a sério. Queria sair dali para fora o mais depressa possível.

Tinha ficado feliz quando soube que na decisão final sobre o meu futuro tinha vencido a partida. Houve uma decisão? Não interessa. Que se tinha decidido que eu me iria embora no primeiro avião disponível. Qualquer desculpa serviria: os estudos, a segurança, a minha virgindade... Dali para fora. A andar. Rápido. Queria, como uma criminosa de guerra, voltar costas a toda aquela esquizofrenia que não me permitia ser quem eu era nem viver com o que eles queriam. Precisava de uma identidade. De uma gramática. Melhor, de poder mostrá-las sem medo. Sou isto, pronto, sou isto, assim, agora, olhem, arranjem-se.

Não sabia dizê-lo; tão-só senti-lo.

Vestiam-me e calçavam-me de branco, mandavam-me pisar o raio da terra tão negra e húmida que chiava debaixo dos pés, ou tão vermelha que o verniz ou o couro se polvilhavam de sangue claro. Não havia forma de poupar o meu corpo às manchas da terra, contudo estava proibida de me manchar dela. Não havia forma de me libertarem dessa necessidade de me manter imaculadamente branca.

Estou sempre vestida de branco, preocupada em não me sujar.

O vestido branco que não usei nesse dia é a mais clamorosa metáfora da minha vida de pequena colona: uma branca de branco, agarrada à saia que não pode sujar, olhando os sapatos brancos que não pode empoar. É assim que me vejo, na cabina da *Bedford* branca, encolhida debaixo da roupa, preocupada com a poeira que entra pelas janelas.

Do lado do volante, o meu pai. Vais para a minha terra. Vais gostar. Pede à tua avó que te faça toucinho entremeado com couve branca.

Do lado da janela, a minha mãe. Não te sujes. Penteia-te. Sempre despenteada. Tem cuidado para que nada chegue partido. Olha o anel da tua madrinha.

Sim, olharia por tudo.

A quem entreguei o anel da minha madrinha?

Era novembro, fazia muito calor e eu usava um vestido branco em tecido crepe. Não me podia sujar. Tudo isto parece certo, mas é mentira. Eu vestia de azul.

Agora, depressa, para o aeroporto. A vida na colónia era impossível.

Ou se era colono ou se era colonizado, não se podia ser qualquer coisa de transição, sem um preço, a loucura no horizonte.

34

Na noite já longa, lá fora, homens cavalgando camelos aproximam-se do avião para prestar assistência técnica. Vejo-os passando sob a asa. Alguns, param.

É uma imagem invulgar. É noite, e uma noite especialmente só. A primeira noite em que ninguém me mandou apagar a luz, e em que me encaminho para a mulher que escreve estas palavras. A mesma mulher, ainda menina, o mesmo cabelo e os olhos claros vazados pela miopia, as mãos com muitas linhas, as pernas gordas nas coxas que continuam a rasgar as calças entre as pernas. A mesma pessoa, como poderei explicar isto melhor: a mesma pessoa.

Na noite, as formas lentas, claras dos camelos encimados por homens de turbante. A toda a volta, uma escuridão apocalíptica. Foi há muitos anos.

É o aeroporto de Dakar. Acabámos de fazer escala no Senegal por imperativos técnicos. Não saímos do avião, não podemos levantar-nos nem desapertar os cintos de segurança.

Lembro-me que é o Senegal porque na altura pensei, é o sítio de onde vem a margarina. Havia uma margarina muito boa do Senegal e barrávamo-la no pão. Não me lembro se fizemos escala em Joanesburgo ou em Luanda. Se calhar fizemos. Só me lembro da margarina do Senegal, e dos homens de turbante sobre camelos, rodeados pela mais funda escuridão.

Digo à hospedeira que preciso de procurar o anel de esmeraldas da minha tia, um que trazia neste dedo, que me caiu dos dedos num momento de distração, que não dei por nada, que deve ter rolado para trás, ou para a frente. Diz-me que não posso levantar-me. Estou desesperada, é um anel de esmeraldas, não me pertence, tenho de o entregar a alguém, depois, não sei quando, está-me largo, caiu, preciso de me levantar e de o procurar. Ela diz-me que não. Só quando chegarmos a Lisboa. Que tenha paciência.

A forma como olhámos para as nossas mãos na infância, e a forma como olhamos para elas, agora; estou a olhar para as minhas mãos agora, não muda. As mesmas mãos. Como puderam envelhecer e ser ainda as mesmas? As unhas iguais. Os nós dos dedos. Os mesmos olhos. O mesmo pensamento, quando olhamos, com os mesmos olhos, as mesma mãos.

A partir de certa idade, muito cedo na infância, já somos nós, o que há de perseguir-nos sempre.

Não me lembro de sobrevoar Lourenço Marques. Não vi pela última vez a baía de Lourenço Marques. Mentira. Vi, sim, qualquer coisa! O mato longo lá em baixo, enquanto o avião ascendia. O mato quente. Mais nada.

Quando partimos, muito ao final da tarde, Lourenço Marques ficou para trás do pôr-do-sol, muito doce, muito madura, mas já longe quando levantámos; era o lugar onde nunca voltaria; eu sabia; agora tinha de me preparar para ser uma mulher, começar uma vida nova, fazer tudo certo. Sabia que era difícil. Que pairava uma larga solidão invisível. Não sabia como tinha acontecido nem porquê.

Sei-o, hoje, porque reconheço o meu pensamento seguindo os mesmos caminhos, enformado nos mesmos moldes. Porque sou a mesma. Lembro-me de como pensava.

Já estou aqui, contudo, ainda estou lá. Todo o passado, presente e futuro ali se fundiram, naquela viagem, e eu só posso falar usando as palavras de fronteira, de transição, manchadas, duais que aí se formaram.

No aeroporto de Lourenço Marques, nos momentos que antecederam a entrada para a alfândega, lembro-me de uma porta de vidro. Quando se atravessava, não havia regresso.

Via os que tinham entrado, já distribuídos por filas. Tínhamos chegado tarde, porque o meu pai esquecera-se do anel da minha madrinha, o que perdi no avião, e ainda era preciso cumprimentar todos aqueles brancos que se foram despedir da filha do eletricista, levando recados, cartas, pequenas encomendas que eu deveria encaixar na bagagem de mão, avisos sobre como deveria contar tudo na metrópole, a mesma lengalenga, contas tudo o que nos têm feito, diz que perdemos tudo, que o dinheiro não vale nada, que não há que comer, que mataram os Monteiros, que a filha do Sousa mais o marido estão presos, conta que estamos quase a ir. Diz que eles hão de matar-se uns aos outros. Que não querem trabalhar e morrerão de fome. Que África sem brancos está condenada. Vão chorar e clamar tanto por nós!

Mas, agora, vai, depois lá nos encontraremos e falaremos. A gente vai a seguir. Agora vai que já é tarde, vai, vai, e neste instante em que tudo está perdido, em que já não há volta, em que entro por essa porta de vidro, após os beijos formais, um sentimento estranho que não consigo controlar, um vazio, um nunca mais vou voltar, uma coisa que se perde, um vazio, e esse amor tão escondido, tão evidente pelo meu pai, que me projeta para os seus braços, contra a minha vontade, como uma bala que o atravessa e o torna exangue, eu chorando a fio, não conseguindo largar o seu corpo, os seus braços enormes, o seu corpo enorme, as suas mãos enormes, a sua carne enorme, que beijo, que não quero largar. E volto atrás, chorando a fio, abraçada a qualquer parte desse corpo sagrado, chorando, chorando-o, arranhando-o de amor, como se o mundo acabasse ali, e acabava, depois a minha mãe, que me sacudia, envergonhada, e eu, envergonhada, tanta gente, não chores, filha, olha as pessoas, não chores, filha, agora vai que já é tarde, e o corpo doce, doce, ácido, suado do meu pai, o corpo querido do meu pai, a camisa branca e doce, ácida, suada, encharcada das lágrimas que eu não percebia nem controlava. E agora vai, agora vai, e atirou-me para dentro da porta de vidro, ao colo atirou-me para dentro da porta de vidro, e eu voltei-me e vi o seu rosto contrito, já do outro lado, as suas duas mãos inteiras espalmadas contra o vidro, o sorriso misturado com lágrimas. As duas mãos iguais às minhas mãos. Estas, de carne, que agora escrevem esta frase. As mesmas.

35

«Lá pela metrópole andam muito amiguinhos dos pretos!, mas que vejam bem quem eles são, e a paga que nos deram por tudo o que aqui enterrámos, e era nosso; esta cidade, o trabalho, donde comiam. É por ti que vão saber. Tens de contar. Conta a todos.»

Quando desci da carrinha, no aeroporto de Lourenço Marques, e era a última vez, ia toda vestida de sangue: era terra vermelha, terra-sangue, que se foi soltando durante a viagem aérea, realizada na noite. Em silêncio.

«Enfia no dedo o anel-esmeralda da tua madrinha. Se perguntarem, diz que é teu.»

«Diz que nós vamos a seguir, que o teu pai vai montar uma oficina de eletricista… vê lá sítios baratos para alugar… Diz que ficámos sem nada, que vamos começar do zero.»

O aeroporto estava cheio: barulhos de coisas e pessoas, cheiro a suor, ansiedade, medo, perda. Recados, cartas, pequenos objetos para alguém. «Não te esqueças do que tens de contar. Agora és uma mulher. Já és uma mulher. Está tudo nas tuas mãos».

«Coragem. Não te esqueças de contar a verdade!»

E sem uma palavra, inerte, ignorando a verdade deles, chorei.

Chorei porque tinha chegado ao fim; ao momento em que pressentimos nunca mais voltar a nenhum lilás, a nenhum laranja, ao cheiro e vida dessas cores; chorei abraçada ao meu pai, só mais uma vez, ao meu pai, e depois... «não te esqueças, rapariga; vais estudar para seres uma mulher»; e tendo voltado de novo aos braços do meu pai, para chorar o que só ele poderia saber que chorava, despedi-me dele até uma outra vida.

Nesse momento houve um vácuo de tempo em que não fomos pessoas, não tivemos culpas nem prazeres; nada humano — só nós; senti ao longe o odor da sua carne transpirada, ácida e doce, que era a minha, dos seus ombros e rosto, um abraço que não pudemos desapertar nunca; e ainda não, e em nenhum lugar, nunca, porque não era apenas um abraço, mas a aliança invisível, muda, que mantínhamos, à qual fui fiel mesmo quando o traí.

Uma década depois, quando nos reencontrámos, já nos tínhamos despedido excessivamente.

Para quê tudo outra vez, se o nosso tempo tinha acabado?!

Era a última hora, a última hora, e ele empurrou-me para a porta de embarque; olhei para trás, antes de entrar, chorando: tinha de ir, porque levava o anel de esmeraldas, as cartas, os pacotes, os recados sobre a verdade. Tinha de ir.

Peguei na pequena malinha de mão, um *necessaire* creme, porque todas as mulheres tinham um *necessaire*, e eu já era uma mulher, voltei-me, parei de chorar, e parti.

Ainda estou a olhar. Ainda estou voltada. Do outro lado da vidraça, juntos, acenando, eles ainda estão lá. Longe, lá. Do outro lado, lá. A minha mãe com um vestido azul-escuro de bordado branco na gola. O meu pai, uma camisa branca manchada de pó, as calças ao fundo da barriga; desbarrigado. Despenteado. Bronzeado de colono. O sorriso de olhos vermelhos do meu pai. O sorriso a chorar do meu pai. As suas mãos iguais às minhas coladas ao vidro da porta. Congelada no espaço-tempo, esta foto muito antiga, manchada de dedadas, amachucada pelo uso, guardada numa gaveta para sempre intacta no meu cérebro.

Quando o avião tomou altura houve dentro da cabina um silêncio fundo sobre a baía de Lourenço Marques, os subúrbios, as palhotas, as terras de cultivo, o mato que vi enquanto subíamos.

Em silêncio, mas num silêncio ainda mais fundo, porque afinal já era uma mulher, voltei a chorar o que perdia e haveria de pagar. A dívida alheia que me caberia.

Nunca entreguei a mensagem de que fui portadora.

36

Apagam-se as luzes no interior da aeronave. Faltam muitas horas para aterrarmos em Lisboa. Podemos descansar os nossos pesados restos coloniais, se conseguirmos fechar os olhos por minutos. Adormecer. Sonhar.

Não a conheço. É uma mulher morena, bronzeada, alta, imponente. Veste um fato de saia e casaco de sarja branca, justo. Traz uns enormes óculos escuros de armação branca.

Recostada num sofá individual, branco, descai o busto negligentemente, entreabrindo as pernas de frente para as enormes janelas franqueadas à brisa feliz da primavera; as cortinas de fino algodão branco, translúcidas, esvoaçam como as de uma casa de praia à beira-mar.

As mãos morenas, com irrepreensíveis unhas brancas; os cotovelos apenas pousados nos braços do sofá. Como alguém que se oferece para receber uma dádiva.

Acabo de chegar de fora, de longe, onde afinal sempre estive. Entro na imensa sala branca e contemplo-a de perfil. Crianças correm de um lado para o outro, à sua volta, ruidosas, em desassossego. Não as conheço. A mulher, como um robô desligado, não se incomoda, não se sobressalta.

A voz de uma outra mulher, que atravessa a sala, apressada, carregando à cintura uma trouxa de roupa para lavar, informa-me, indiferente, «esta é a filha do teu pai». Ouço e corrijo de imediato, mentalmente, «esta é a outra filha do meu pai». Acordada pela voz que passou, a mulher majestosa levanta-se, alisa a saia antes de se endireitar, volta-se para mim e estende-me o braço, sorrindo, olhando-me por cima dos óculos. É bonita, caramba.

É uma mulher enorme, inteira, com um longo e farto cabelo escuro, umas longas pernas bem torneadas, como uma miss das ex-colónias, como a Ana Paula Almeida, como a Riquita... Sinto-me insignificante perante o esplendor sensual daquela filha do meu pai.

Assim que me estende o braço, as frentes do casaco, desabotoado, mas encostado ainda ao peito, abrem-se completamente, e expõem todo o seu tronco: e vejo-a nua da cintura para cima. Estende-me o braço, mas eu não posso responder com o meu, porque agora olho apenas aquele espaço nu até ao recorte púbico que a saia descaída permite. Um nu escultórico, de mármore: as mamas crescidas e cheias, espetadas na minha direção como setas, os pequenos mamilos tesos, de um castanho quase rosa, o abdómen musculado, esticado, o ventre liso, a perfeita curva da anca. E como se, consciente de tanta majestade, tivesse desejado tornar-se irreal, toda a sua pele brilha sobre o bronzeado, acrescentada de luz. Uma finíssima película de pó prateado cobre-lhe o pescoço, as mamas, o abdómen, o ventre, as ancas, cada milímetro da generosa pele. Pinta-a. Veste-a de nudez. E tal nudez é o tesouro. Mantém o braço estendido na minha direção. Continua a sorrir, a olhar-me por cima dos óculos, que ainda não tirou. Quer ser minha amiga, embora não mo tenha dito. Vai dizer-mo agora. Não trocámos uma palavra. Mas vai falar agora.

Sinto medo. Sinto muito medo da filha do meu pai.

E depois chegamos a Lisboa.

37

Eu tinha andado a roubar os pretos. Julgava que me iam lavar os pezinhos com água de rosas?!

Isto não eram as Áfricas!

«Ah, não gostas de bofe com arroz? Andaste a roubar os pretos e julgas que havemos de te servir camarão num prato de ouro!»

Não se responde. Baixa-se os olhos. É mentira e é verdade, mas ambas precisam de voz, e não a temos. É muito cedo. Eu ainda estava na raiz da verdade. Ainda lá dentro, húmida, crescendo, comendo terra, esperando terra.

Todos os lados possuem uma verdade indesmentível. Nada a fazer. Presos na sua certeza absoluta, nenhum admitirá a mentira que edificou para caminhar sem culpa, para conseguir dormir, acordar, comer, trabalhar. Para continuar. Há inocentes-inocentes e inocentes-culpados. Há tantas vítimas entre os inocentes-inocentes como entre os inocentes-culpados. Há vítimas-vítimas e vítimas-culpadas. Entre as vítimas há carrascos.

Passa muito tempo até termos a voz, até termos saldado, a bem ou a mal, a dívida que pensámos dever; até cuspirmos no dever e na honra e na fidelidade, essas cordas tão sujas, tão forçadas. Até não nos importarmos de ser apenas umas cabras, párias do sangue e da raça. Até perder a fé e a cortesia. Tudo.

38

Maputo/Lisboa, voo TAP, via Senegal.

Lembro a data em que desembarquei sozinha no aeroporto de Lisboa, pelas seis da manhã de um dia no final de novembro de 1975. Estava muito frio, e eu gelava. Mas esse não foi o dia mais frio do inverno de 75; se bem me recordo, essa estação foi especialmente rigorosa.

Passada a alfândega, bem agasalhada no meu casaco de lã verde-alface, que pertencera à minha tia nos anos 50, e fora à pressa adaptado ao meu corpo, desci uma passadeira longa e curva que me levaria até pessoas que desconhecia, mas que me esperavam — a família dos meus pais.

No Carnaval seguinte, o meu tio pintou-se de palhaço, vestiu o meu casaco de lã, as minhas calças amarelas de tecido «la finesse», e foi tocar trompete, bêbado, para o meio da rua. Que folião! Que bem vestido de palhaço que ele estava!

Em Portugal, habituei-me cedo a ser alvo de troça ou de ridículo, por ser retornada ou me vestir de vermelho ou lilás. Mas o meu sentido de justiça era um Pai-Nosso. Se me absolvia de culpa, eu podia atravessar, impassível, multidões de acusadores. Nada me deitava abaixo.

Depois veio uma tarde em que fui obrigada a dizer a verdade: «perdi tudo exceto os meus lápis n.º 1».

Respirei fundo. Doía-me o peito.

39

Logo à entrada de casa, ainda do lado de fora, escutava-se o cacarejar de galinhas e o arrulhar de pombos e rolas.

Quando a minha avó abriu a porta, encarei um estreito corredor, com chão e paredes de cimento, a céu aberto. Aos meus pés, um enorme ralo. A porta abriu para a direita e, depois de entrarmos, quando a fechou, reparei que atrás dela se encontrava o tanque de lavar roupa e enormes bacias em zinco.

Conforme progredia ao longo do corredor de acesso, os dejetos das aves apareciam difusamente, tornando-se um tapete de merda cada vez mais espesso ao longo do percurso, desembocando num pátio interior com as dimensões de um pequeno quarto, onde tinha mandado erguer uma capoeira, de porta sempre aberta. Era aí que escondia uma lata com notas de vinte escudos. As suas modestas poupanças.

À direita, ainda no pátio, um complicado arranha-céus de casotas de pombos, construído com caixas de madeira, provavelmente recolhidas na mercearia. As aves assomavam à entrada e arrulhavam com medo de mim. Os borrachinhos, dentro, depenados, morninhos, ouviam-se chilrear. Tudo se aguentava colado com os detritos dos animais. A madeira dos caixotes apenas se adivinhava sob a camada de excremento.

No chão, os sapatos afundavam-se na alcatifa de poias acumuladas ao longo do tempo, mas que percebia ter tido o cuidado de limpar, como conseguiu, para a minha chegada.

A minha avó era uma velhinha de cabelo branco preso no alto da cabeça, vestida de negro rigoroso, como qualquer viúva, e praticamente cega, desde cedo.

A porta de casa, finalmente. Ela abriu-a. A merda alastrava pelo chão, mais varrida. Tinha havido também ali um esforço de limpeza e arrumação.

As galinhas entraram antes de nós, enquanto a minha avó ia falando com elas, meninas, meninas, a mãe está aqui, a mãe chegou.

A cozinha. Frente à porta, encostada à parede, a mesa sólida, escura, polida pelo tempo, com baixos-relevos da usura entre os veios da madeira, e duas enormes gavetas onde guardava talheres e sacos com pão, duro e mole.

À direita, num dos cantos, o poial de alvenaria no qual mantinha o fogão a petróleo, e, no outro, um velho armário alto, envidraçado, onde guardava a louça e os tachos. Tudo escuro e escurecido. À esquerda, caixas de cartão com a nossa tralha, ainda fechadas, amontoadas, que o meu pai lhe enviara de Lourenço Marques, por correio, perdida a esperança de comprar espaço para caixotes num navio.

A certa altura, a sair de Lourenço Marques, nem navios nem espaço, pelo que restava a solução encomenda postal para as peças pequenas.

Sobre essas caixas, outras, de madeira, eram ninho de galinhas entrevadas. A minha avó tinha amor às avezinhas nascidas com defeitos congénitos. Não as vendia, como à restante criação. Tratava-as à parte, cuidando-as com desvelo de mãe, mudando-lhes diariamente a palha, dando-lhes de comer à mão, limpando-as como se limpam os bebés. As galinhas correspondiam a esse amor fazendo-se entender. Comunicavam numa linguagem só delas, mulher e galinhas, que enternecia.

Pela cozinha voavam livremente pombos, rolas e pardais, empoleirados no alto das caixas e do armário.

À esquerda, uma porta dava acesso ao quarto da minha avó. Ao abri-la, saiu de dentro a *Chinita*, uma franga branquinha que por lá ficara fechada desde a madrugada, enquanto me foram buscar ao aeroporto. Poias pelo chão, uma ou outra. Sobretudo, os seus restos mal desencascados. Os pombos voavam pelo quarto, espantando-se com os nossos movimentos.

Não havia sítios proibidos aos animais. Não me incomodava. Eu não tinha medo de bichos. Gostava deles, tal como a minha avó.

A cama da minha avó, em ferro, encostada à parede, coberta por uma colcha de chita com estampado colorido, a mesa de cabeceira, uma arca e um armário de gavetas, tudo sem valor, coberto pela pátina do tempo e do barato.

O teto forrado a platex, abria-se apenas no local onde existiam duas telhas de vidro, único ponto de luz natural nessa divisão. A minha avó orgulhava-se do forro a platex. Era uma casa vedada. Ali não entrava uma gota de chuva, como noutras, dizia. Bom dinheiro lhe havia custado o forro. Para alguma coisa havia de servir ter-lhe o filho fugido para África.

Um retângulo aberto na parede do seu quarto, sem porta, apenas com cortina, dava acesso ao outro quarto de dormir. Tinha sido o do meu pai, e seria o meu, a partir desse momento. Aí, também encostada à parede, uma cama de casal em ferro pintado a branco, muito alta, e mais alta, ainda, porque o colchão de palha acabara de ser mexido para a minha chegada.

Na casa da minha avó os colchões eram cheios a palha de milho, que se renovava anualmente. Tirava-se a roupa da cama, procurava-se uma fenda a meio do saco do colchão, afundava-se o braço nas entranhas, até onde chegasse, e ia-se remexendo a palha, levantando-a, afofando-a. Quando acabávamos de fazer a cama, verificávamos que tinha alteado uns bons 15 centímetros.

O resto, pelo quarto fora, era um atulhado de sacos de milho, trigo e aveia para a criação, e de caixas enviadas pelo meu pai.

Na parede junto da única janela da casa, que dava para o interior da capoeira, pendurara um espelho de 20 por 15. Não havia outro. Nele, passei a pentear-me e olhar-me, tentando perceber se era bonita, questionando-me sobre o motivo por que os meus lábios não tinham a forma perfeita de um coração, espremendo borbulhas, furando-as com o bico da tesoura. Nesse quarto doeu-me o peito não sei quantos graus, fantasiei que o Art Sullivan me beijava, e eu a ele, e tudo o que fosse preciso para adormecer nos lençóis gelados, muito direita para o sangue circular, como o meu pai me tinha ensinado. Muito direita, como na formatura da tropa, e o sangue havia de chegar rapidamente a todos os lugares do corpo e aquecê-los.

«Para aquecer, no gelo do inverno, não te encolhas, que é pior. Ensinaram-me isto na tropa; o sangue é que nos aquece. Se aguentares o frio durante um bocado, vais ver que depois compensa. Depois ficas muito quentinha.»

Eu já tinha feito o estágio dos piripiris. Eu tinha de ser tão forte como a Helen Keller.

Procedia exatamente como ele me tinha ensinado. Deitava-me muito direita, sem me mexer. Morria de frio, mas o meu pai é que sabia. O meu pai é que tinha dito e meu pai estava comigo, eu sabia. Para sempre.

Na casa da minha avó não havia casa de banho. As lavagens e as necessidades fisiológicas eram feitas ao lado do tanque, sem telha, junto à entrada onde existia o ralo, único esgoto da casa. Não havia, portanto, águas quentes, a menos que as aquecêssemos numa panela e as carregássemos até à enorme bacia de zinco, junto ao tanque.

Para aquecer os pés, a minha avó tinha, como grande luxo, um pequeno calorífero atravessado por dois tubos brancos horizontais. Ligado à eletricidade, os tubos incandesciam e emanavam calor. Havia ainda uma eficaz botija de água quente, em metal, que passou para a minha cama.

Só nesse ano percebi o que o meu pai dizia quando explicava que não éramos pobres nem ricos, mas remediados. Ser pobre era dormir num colchão de palha. Ser pobre era comer toucinho cozido com batatas e couves. Ser pobre era tomar banho numa bacia larga, no pequeno pátio, junto ao tanque onde a minha avó lavava para fora a roupa de senhoras que lhe pagavam. Ser pobre era ouvir a minha avó dizer que mais valia lavar roupa para fora do que estudar, porque estudar não dava de comer a ninguém. Era viver num quarto cuja pequena janela dava para o galinheiro, e vender pombos, borrachos e galinhas a chorar por vê-los partir, porque o dinheiro calava o afeto e a dor.

À noite deitava-me na cama de palha feita com lençóis de algodão gelado e rezava as minhas orações já estendida. O Pai Nosso, mas, sobretudo, a Ave-Maria, oração preferida, »... Maria... cheia de graça... bendita sois vós entre as mulheres... bendito é o fruto do vosso ventre...»

Isto acontecia na travessa do Cais, às Caldas da Rainha, e nessas noites de 75 e 76 consolava-me ouvindo passar os comboios de mercadorias e o *Quando o Telefone Toca*, no rádio.

Os comboios iam para norte ou para sul. Eu também estava de passagem, não sabendo para onde nem quando. Uma coisa era certa, o futuro estendia-se à minha frente e eu voltaria a ter uma casa como eu sabia que uma casa deveria ser. Não que a da minha avó fosse indigna, porque a pobreza não era uma falha moral. Mas eu conhecia outra vida. Tinha estacionado num tempo difícil, mas à minha frente estendia-se todo o futuro, para o resto da minha vida todo o futuro.

Foi nessa casa, nas Caldas da Rainha, na travessa do Cais, que o meu pai cresceu até ir para África.

O meu pai nunca falava do passado.

40

O meu pai tinha uma cara grande e suada cheia de ódio ou amor conforme os dias. Tendo eu preferido os dias do amor, calharam-me muitos dos de ódio.

Quando amamos e nos violam num mesmo tempo, e não podemos fugir, enfrentamos igualmente de perto a face do amor e a do ódio, e não desviamos o rosto; sentimos o cuspo bater-nos nos lábios, nos olhos, e ouvimos até ao fim, sem pestanejar, sem um movimento muscular que possa ser mal interpretado. Não podemos fugir. Torna-se uma certeza. Uma prisão de alta segurança dentro da qual temos de resistir e sobreviver.

O meu pai era voraz, devorava, vociferava todos os sentimentos que conseguia exprimir, e conseguia-o muito bem, com uma expressividade tão brutal que causava vertigens.

Quando somos novos, acreditamos nesse amor ou nesse ódio porque aquele é o rosto de quem amamos. É o amor e o nosso exemplo. A ele estamos expostos. Não há mais ninguém, estamos entregues às mãos dos que nos criaram e dizem sermos seus. E somos. Mas custa ser de alguém a quem se deve uma fidelidade sem limites, mas não absolvemos na nossa consciência.

Recebi todos os discursos de ódio do meu pai. Ouvi-os a dois centímetros do rosto. Senti-lhe o cuspo do ódio, que custa mais que o cuspo do amor, e enfrentei, olhos nos olhos, a sua raiva, a sua frustração, a sua tão torpe ideologia. Ouvindo, não disse nada, nem um assentimento, nem um músculo se mexeu, e eu, inteira, era um sólido não.

Tive medo do meu pai. Que me batesse com as manápulas, que me gritasse, que me dissesse, tu não és minha filha, porque a minha filha não gosta de pretos, não acompanha com pretos, não sonha com pretos.

Havia uma raiva tão grande dentro de si, em amigável convívio com o amor que podia oferecer-me de um momento para o outro.

Mas não me arrancou um assentimento. Nunca ouviu da minha boca um tens razão, um realmente, um pois. No máximo, um percebi, como resposta a um percebeste? Ele podia obrigar-me a sentar, ouvir e calar, sujeitar-me a sessões públicas e privadas, formais ou informais, de ideologia rácica, mas não convencer-me das vantagens da raça nem do ódio.

O meu pai não me arrancou ao que eu era nem ao que pensava; o meu pai não foi capaz de formar o meu pensamento. O meu pai não me dobrou. Escapei-lhe.

Ele repetira-me demasiadas vezes a sua lenda preferida, a de São Martinho, o que reparte a capa. Portanto, tendo absorvido uma mensagem tão generosa, podia gastar o seu latim à vontade com a conversa dos pretos. Eu poderia ter ouvido a lengalenga vinte e quatro horas por dia nos altifalantes, como um prisioneiro em Guantánamo, e não teria mudado um centímetro. Porque o que eu pensava, pensava-o com uma certeza inamovível.

Não foi fácil ser a filha do eletricista. Sonhei muitas vezes que o eletricista havia de morrer de muitas maneiras e deixar-me livre para pensar, para existir sem medo. Para lhe responder.

E um dia morreu mesmo, sem que pudéssemos ter feito completamente as pazes, sem que eu estivesse totalmente crescida, e ele totalmente vencido, e agora está aqui sentado, a dois centímetros do meu rosto, a ler-me, e eu, sinceramente, só queria dizer-lhe que vivemos um tempo demasiado curto para o nosso amor, confuso, desajustado, injusto. Que foi só isso que nos aconteceu: um tempo, um espaço, um tabuleiro de xadrez errado para o amor.

E que o traí para que pudéssemos levantar a cabeça.

41

A minha avó era visitada por vizinhos que, no passa-palavra, vinham para comprar criação viva, por pessoas que tinham pena dela, por ser uma velha só, quase cega, cujo filho tinha fugido para África, mandando bilhete-postal com vagas notícias quando o paquete aportou a uma das ilhas das Canárias.

A verdade, que não contava à vizinhança, é que recusara todos os pedidos do filho para se lhe juntar em Lourenço Marques, provavelmente por amor às galinhas aleijadas. Quem lhas cuidaria?

E agora mandavam-lhe a neta, uma mulher feita, apesar dos 13 anos. Uma responsabilidade. Se tivesse ido para as áfricas, como o filho bem lhe pedia, gostaria de ver para onde mandariam agora a miúda!

Tinha o amor às suas galinhas, suas meninas, que morriam de velhas, cheias de tosse, algumas paralíticas, em caixinhas de madeira ou papelão, donde nunca saíam, e a que ela mudava religiosamente a palha antes de as alimentar.

Nos dias de sol punha-as na rua, e elas cacarejavam muito felizes.

Eu gostava de meter as mãos nos ninhos das galinhas paralíticas, velhas sábias muito quentinhas. Gostava de todos os animais da minha avó, apesar da abundante merda que nos rodeava.

Uma pessoa habitua-se a tudo; relativiza a importância da dificuldade, e não festeja às largas a vitória, porque sabe que nada é certo, nada dura. O meu pai não perdera tudo o que tinha?! E os outros?! Não haviam perdido mais ainda que o meu pai?! Eu não estava agora nas Caldas e o meu pai não rumara a Cabora Bassa? O que seria o futuro?

Um senhor adulto e solteiro, entrado nos quarentas, natural da aldeia da Sancheira Grande, visitava a minha avó todas as vezes que vinha à cidade para compras, e assuntos diversificados. Escrevia sempre o habitual bilhete-postal avisando o dia da visita. Era o senhor Paulino. Trazia sempre qualquer coisa. Bolos, rebuçados. A minha avó recebia-o com a cerimónia possível, esclarecendo-me que o senhor «gostava de homens», e só por isso o recebia. Naquela casa nunca tinham entrado senhores, era uma mulher honesta, de quem ninguém tinha a dizer e o filho se poderia orgulhar.

O senhor Paulino era muito bom homem, e se lá tinha as suas coisas, era a vida dele.

Ganhei vergonha ao senhor Paulino. Fitava-o tentando compreender o que significava gostar de homens. A ideia de um homem gostar de outros homens era-me absurda! Namoravam?! Beijavam-se?! Afastava do meu pensamento excessivamente visualista essa ideia incómoda, esquecida das brincadeiras com a Domingas, isso era outra coisa, e pensava noutros assuntos igualmente absurdos, mas quotidianos e muito reais, como gozarem-me, na escola, por ser gorda e retornada. Isso, sendo estúpido, podia compreender. Era realmente maior do que os outros e tinha vindo de Moçambique, como retornada, logo, era uma gorda retornada.

Quanto ao resto, de certeza que isso de os homens gostarem de outros homens não seria bem como o pintavam; talvez uma afeição excessiva, fora do normal, uma admiração pelas qualidades alheias. As pessoas exageravam e viam mal em tudo, criavam boato.

Nunca cheguei a saber como se teriam conhecido nem onde, nem o que fazia aquele homem em tal cenário. Porque vinha ele dos arredores das Caldas para a visitar? Protegia a minha avó? Protegia-o ela a ele?! O que viam um no outro?

42

Nas Caldas da Rainha, no ano em que cheguei, existia uma livraria, quase no final da rua das Montras, do lado esquerdo de quem seguia para a antiga praça de frutas e legumes vindo do lado da estação ferroviária.

Entre os livros expostos na vitrina, quase todos de ensaio político, um obrigava-me a parar, a olhar a capa, a imaginar o seu conteúdo, enquanto soava na minha mente a voz distante, ausente, do meu pai. Intitulava-se *Moçambique, Terra Queimada*, da autoria de Jorge Jardim. A edição que recordo tinha na capa uma ilustração com o desenho a negro e laranja de uma paisagem devastada por um incêndio, eventualmente uma queimada. Nunca comprei o livro, e nunca o li.

A expressão «terra queimada» fazia parte do discurso dos brancos, que muitas vezes escutara antes de partir do Maputo. Entre colonos corria a ação ou intenção de queimar a propriedade antes de partir. Destruir o que se deixava, para que nada ficasse para aproveitamento dos negros.

Terra queimada, tornava-se, assim, a metáfora, a mais expressiva para o que a minha terra se havia tornado. Terra queimada por eles para nós; queimada por nós para eles; queimada, porque eles, sem nós, não se ergueriam das cinzas durante anos e anos, como numa maldição bíblica.

Da minha terra restava o carvão do violento incêndio que a capa do livro ilustrava. A minha terra estava ali. Era a capa. Contemplava-a com o vazio dos exilados, dos que perderam a sombra da sua árvore original.

Descolava da montra, partia lentamente em direção à casa da minha avó, onde jantaria sopa de feijão com couves ou café de cafeteira com pão e manteiga, e estudaria, e deitar-me-ia a dormir no barraco mais humilde de uma rua do cais. E a minha avó diria, com orgulho, somos pobres, mas nunca aqui entrou uma gota de chuva.

Para mim, estava tudo bem. A minha avó alimentava-me, proporcionava-me abrigo, e se os havia bem piores. Portanto, tinha sorte, mais que muitos.

Ia todos os dias à escola. Os meus pais permaneciam distantes e as cartas demoravam um mês, mas isso eram necessidades secundárias. Com o tempo retornariam e tudo voltaria à normalidade. Era preciso esperar, esperava-se.

Nas longas cartas que lhes escrevia, uma ou duas vezes por semana, devo ter referido a existência de *Moçambique, Terra Queimada*, na rua das Montras. Ponho as mãos no fogo em como o fiz. Se me recordo de o ter feito? Não. Mas fi-lo, com a certeza da lógica. Fi-lo por ter sido fiel ao meu pai, mesmo traindo-o.

Conta a verdade, lá na metrópole. Conta o que passamos por cá.

A verdade era uma história muito longa e complexa, rica de narrativas encaixadas alternadas, simultâneas, polifónica. O que o meu pai pretendia que eu contasse, era o caos em que se transformara a descolonização, a vida ameaçada a cada segundo, o risco físico, constante, real, de não saber se se conseguiria voltar a casa, depois de sair. O que ele queria que eu contasse era apenas uma parte de um gigantesco todo.

Se havia algo certo, era o incerto.

Pouco tempo antes da independência, o pastor Berg, bem como os restantes pastores brasileiros da igreja adventista, que frequentava na altura com autorização dos meus pais, foram levados e presos, pelo comité, porque a religião era o ópio do povo.

Havia uma estratégia a seguir se não se alinhava com a FRELIMO: fazer por passar despercebido e sobreviver o tempo suficiente para escapar ileso ao inferno, procurando aliados antagónicos ao novo sistema político ou subornando os subornáveis. Usávamos todos os meios ao nosso alcance. O meu bilhete de avião para a metrópole foi adquirido por grande favor, cunha ou suborno, através de alguém que conhecia alguém, e pago a bom preço.

Os voos estavam sempre esgotados.

43

Era novembro e eu tinha acabado de chegar.

Nas Caldas da Rainha, em 1975, para ir para a escola secundária atravessava uma rua negra, com alcatrão derretido e levantado nas bordas, sem passeio: um túnel de edifícios muito sujos pelo tempo, dos dois lados da via. Era uma rua cinzento-escura do princípio ao fim; uma entre várias.

À hora a que ali passava havia ainda muita névoa ou fumo ou frio opaco. A atmosfera era espessa, e eu atravessava-a como uma faca. Cruzava-me com trabalhadores apressados, vergados pela hora matinal, pelo sono, pelo cansaço, pela pressa. Caminhavam muito rápido e de passo miúdo, com os olhos postos no chão, usando casacos e bonés de fazenda axadrezada, cinzenta, preta ou castanha e fatos de trabalho escuros. Nunca lhes via a cara.

Do lado direito da estrada, no início da rua, abria-se uma porta larga para as entranhas de uma oficina. Não era uma porta, mas uma cloaca. Dentro, paredes negras de humidade e óleo velho. Escuridão. Quando passava frente ao portão, três homens atarracados, com mãos e roupa sujas do trabalho, gritavam-me imprecações sexuais que me esforçava por não ouvir. Colava o pescoço aos ombros, comprimia as paredes dos ouvidos, fechava os olhos, fechava-me, e mesmo sem querer escutava mamas, cona, rabo, palavras que vinham adornadas com advérbios ou verbos de péssima expressão. Impropriedades.

Tinha 13 anos, e insultavam-me por evidenciar mamas, cona e rabo, não percebendo eu o desmerecimento. Insultavam-me por já ser uma mulher. Isso bastava.

Não havia outro caminho para a escola. Era preciso ir por ali todos os dias.

A minha avó era uma velhinha muito branca, no seu uniforme de viúva. Quando lhe descrevi o comportamento dos homens da garagem, disse-me que era assim, que não respondesse, que mulheres honradas tinham orelhas moucas.

Não sei se a rua negra ainda existe. Em Portugal tudo demora muito tempo a mudar.

44

No verão de 76 mudei de paradeiro. A minha avó clamava que eu não tinha jugo nem tino, que era incontrolável, queria acompanhar raparigas mais velhas que já sabiam tudo sobre namorados, e fumavam: más companhias.

A casa não reunia condições para me albergar. Eu tinha ficado doente, inconsciente, durante a primavera, e ela tivera vergonha de chamar o médico. Durante cinco dias não dei acordo. Lembro ter adormecido com tonturas e lembro ter acordado com muita sede, e o longo cabelo fino numa pasta que foi depois necessário cortar.

No novo paradeiro, o ti Gusto mantinha uma fábrica de louça na garagem. Fazia terrinas decorativas, em barro, decoradas com flores coloridas na tampa e nas asas, tudo do mesmo material. As flores, umas magnólias vistosas, eram moldadas à mão, pétala a pétala, e as impressões digitais de quem as trabalhava ficavam nelas gravadas para sempre.

O ti Gusto empregava umas raparigas da minha idade, que lhe faziam o acabamento da louça, e ali aprendiam a compor os mais belos floreados em barro, pintando-os de cor-de-rosa e amarelo, as folhinhas a verde, colando-os nas terrinas que tinham acabado de se desmoldar e depois iam a cozer e, de seguida, a vidrar. As terrinas não serviam para nada, mas em Portugal, nos anos 70, eram obrigatórias nos enxovais da província, tal como a colcha de cama toda crochetada em branco ou cru, com rosetas complicadas de grumos, e um grande rosário em madeira trabalhada que se pendurava na parede da cabeceira da cama.

As mulheres achavam que as terrinas eram arte maior, pelo que o tio Gusto e as suas meninas eram artistas. O ti Gusto talvez gostasse do barro, mas do que ele gostava mesmo era de ter na garagem, à sua disposição, um ramalhete de meninas com os peitos duros e fresquinhos, umas mimosas, de face rosada e pele branca. Uns vasos de leite doce, ainda morno, acabado de ordenhar às vaquinhas da fazenda.

O inverno era de gelo. Cinza, chuva e lama. Os domingos à tarde afundavam-se em tristeza. O trabalho estava feito. Podia descansar-se. Na televisão a preto-e-branco passavam filmes do Tarzan. E a Heidi, mais ao final da tarde.

O ti Gusto engraçava comigo. Via-se logo que eu era uma menina estimada, bem-educada, diligente, por isso o tio Gusto chamava-me para a fábrica, nas folgas, para me revelar o mistério das terrinas. Botava o barro nos moldes, fechava-os. Depois, abria outros com a mesma peça já cozida. Dizia-me que me aceitava para aprender a arte, e poderia largar a escola, se quisesse. Sempre faria o meu dinheirinho, para ajudar os meus pais que, quando chegassem de África, não haveriam de ter com que mandar cantar um cego. E que eu saía à minha mãe, que tinha sido uma rapariga linda, em nova, e ele bem a rondara. Mas eu era ainda mais linda, mais cheiinha.

O ti Gusto cheirava a suor e a vinho misturados. A roupa exalava um odor velho, ácido, pastoso. Uns fios de cabelo gordurosos caíam-lhe sobre a testa oleosa. A barba suja por fazer. A barriga empinava-se-lhe, e as fraldas das camisas de flanela saíam-lhe por baixo do *pullover*. Coçava os órgãos sexuais amiúde, com as mãos sujas de barro, e as nódoas da terra seca manchavam-lhe a braguilha como símbolo do seu pecado.

O ti Gusto fechava a porta aos domingos à tarde, por causa do frio. E ia-se encostando. Pousava as manápulas grosseiras no meu cabelo, agarrava-me o queixo, apanhava-me os braços e a cintura como se fosse meu mais dedicado protetor. O homem roçava-se em mim pelas estreitezas da fábrica. Sentia-lhe o sexo teso, enquanto me desviava. Empurrava-me contra a porta de zinco ondulado para me apalpar as mamas, esmagando--se contra mim, como podia, enquanto me esgueirava e, para não o irritar, disfarçava a consciência da ameaça, não se lembrasse ele de me vedar a saída.

Tinha uma filha entrevada, encerrada em casa como uma doente maligna. Dizia-se que tinha tido azar, coitado do homem, só uma filha, e ainda por cima com uma doença perversa. Uma aleijada.

A ti Gusta usava uma bata de quadrados azuis, um lenço com flores e uns chanatos de cabedal preto. Os mesmos durante o ano inteiro. Cozinhava sopas de couve com batata ou grão guisado com toucinho. Nunca falava. Eram os três analfabetos, e tinham sempre fechadas as portas das salas de jantar e de visitas, embora recheadas com móveis torneados, em boa madeira. E sofás de pele falsa. Viviam na cozinha, sentados ao borralho. Chegado o sono, atiravam-se para cima das camas e dormiam como cadáveres.

Toda a gente considerava o ti Gusto um homem muito bom, porque tendo a filha incapaz, não a atirara para um asilo, era fiel a uma mulher que nem barriga tivera para lhe dar um herdeiro macho e são. O ti Gusto era a lamentada fina-flor do drama e virtudes provincianas.

Eu e as cabritinhas das terrinas conhecíamos--lhe outra missa, e, nela, o oficiante era um suíno de patilhas.

45

A metrópole era suja, feia, pálida, gelada. Os portugueses da metrópole eram pequeninos de ideias, tão pequeninos e estúpidos e atrasados e alcoviteiros. Feios, cheios de cieiro, e pele de galinha, as extremidades do corpo rebentadas de frio e excesso de toucinho com couves. Que triste gente! Divertiam-se a mofar connosco, atirando-nos à cara que estava difícil, pois estava, que aqui não havia pretinhos para nos lavarem os pés e o rabinho, que tínhamos de trabalhar, os preguiçosos de merda, que nunca fizeram a ponta de um corno pela vida, que nunca souberam o que era construir uma vida e perdê-la, os tristes, os pequeninos, os conformados. Sabiam lá eles o que eram os pretos, e o que éramos nós e o que tínhamos acabado de viver, cobardes filhos de uma puta brava. Insignificantes cabrõezinhos, se eu havia de dizer a verdade, se eu havia alguma vez de dizer a verdade.

Os lerdos das ideias, lentos, com conta no Montepio, doentes dos olhos por olhar de viés para esses gajos que vêm cá roubar o pouco que é da gente, que a gente cá tem, esses retornados, tão altivos como príncipes que perderam o trono, e que hão de recuperá-lo, julgam eles, oh, se não!, porque nada atiça as ganas como perder, e perder bem, à americana. Tão feios, tão pobres de espírito esses portugueses que ficaram, esses portugueses de Portugal, curtidos de vinho do garrafão. Feios, sombrios, pobres, sem luz no rosto nem nas mãos. Pequenos.

46

O meu pai ia apodrecendo numa prisão da FRELIMO, por ter afirmado em público, e se ter vindo a saber, que Samora Machel não passava de um reles auxiliar de enfermeiro. Conhecendo o meu pai, acredito que terá acrescentado qualquer outro mimo como «preto de merda», ou pior.

Isto aconteceu em 1978. Eu estava em Portugal há três anos e ele trabalhava em Cabora Bassa.

Saiu do cárcere, irreconhecível e calado, após longa e angustiante intervenção da minha mãe, a qual conheceu alguém que era amigo de outrem, que se dava com Graça Machel, a quem se foram escrevendo cartas com pedidos de clemência. O assunto acabou por se resolver, até porque o meu pai não fora a julgamento.

A prisão do meu pai foi sempre tabu na família. Ele nunca nos falou sobre o que se passou lá dentro, e nós tivemos pudor em perguntar, pelo que imagino o pior. A sombra do que se desconhece é sempre enorme.

O meu pai era um gabarolas bem-disposto, portanto, se não lhe ocorreu gabar-se sobre os seus feitos heroicos desta fase, nem sequer uma gracinha, é provável que não tenham existido, e que a coisa lhe não tenha corrido bem.

Nos anos 90, já ele estava em Portugal há algum tempo, e a propósito do meu nojo por aranhas, comentou sobre certo dia em que acordara no cimento da prisão, sentindo o peso de um enorme bicho peçonhento sobre o ombro, o qual arrancou à pele nua com a manápula que lhe conheci, lançando-o para longe; riu-se; que ele era muito corajoso, isso nós já sabíamos, não estranhámos; perguntei-lhe como eram as instalações, como tomavam banho, e respondeu que os guardas os levavam «lá abaixo ao rio», referia-se ao Zambeze, e que aí se ensaboavam e lavavam a cinco metros dos crocodilos. Mais nada. O assunto cortou por aí.

Lembro-me da pele do meu pai, muito lisa e húmida. Lembro-me do seu ombro onde se terá aninhado um bicho peçonhento.

Conhecendo-o, tenho a certeza de que lhes deve ter chamado pretos de merda, a todos, e todos os dias, e que terá apanhado forte e feio, sem dó, sem hora. Conhecendo-o, dói-me imaginá-lo espancado, humilhado, vergado por aqueles que antes vergou. Dormindo no chão de cimento, ao molho com os condenados de delito comum.

Para os brancos que decidiram ficar nas ex-colónias, após a independência, por solidariedade com os movimentos de libertação, ou por não terem outra escolha, ou não quererem tê-la, a vida não ficou fácil.

Os brancos que ficaram em África tornaram-se alvo fácil de numerosas vinganças. Eram suspeitos. Os seus passos e palavras, vigiados pelas instituições, pelos comités de bairro, pelos vizinhos. Era preciso ter cuidado com o que se dizia e fazia. Qualquer deslize seria considerado colonialista, e não havia piedade, o preço era alto. A denúncia constante. A prisão. Os campos de reeducação.

47

O meu corpo foi uma guerra, era uma guerra, comprou todas as guerras. O meu corpo lutava contra si, corpo-a-corpo, mas o do meu pai era grande, pacífico. O corpo do meu pai era dele e valia a pena. O seu corpo era o do outro que estava em mim, mas sem guerra. Redondo, macio, arranhado, o corpo do meu pai dava-se ao riso, às cócegas, ao meu corpo.

O meu pai tinha os pés rosados, de uma pele muito branca e quebradiça que escamava; dizia que era a filária, e que não lhe puxasse as peles. A minha mãe não me deixava andar descalça por causa da filária, que dava muita comichão, e seria preciso queimar a pele, com gelo, até ao osso. O meu pai tinha nos pés umas escamas como massa folhada, que eu desejaria puxar e comer. A carne do meu pai era doce. A pele do meu pai era morna e morena.

Os seus pés eram bem acabados, cheios, com os dedos desenhados ao pormenor, como uma escultura do Renascimento, e as unhas redondinhas, transparentes, brilhantes. À hora da sesta de domingo, quando eles se deitavam, e eu não tinha que fazer — a não ser brincar com o *Piloto*, que a prima da ti Gusta envenenou numa aldeia da Estremadura, anos mais tarde, e com os gatos, que ficaram em Lourenço Marques, quero dizer, no Maputo, e que fugiram atrás das gatas, e foram apanhados, mortos e comidos como coelhos pela pretalhada esfomeada, disse a minha mãe, e que a pretalhada havia de amargar o que tinha feito aos brancos… — nessas tardes eu ficava a brincar com os pés do meu pai, atravessada na cama.

A prima da ti Gusta envenenou-me o *Piloto* em abril de 1978, e acusou os vizinhos. Foi nas férias da Páscoa. Embalei o meu cão morto. Nunca tinha aninhado um cadáver contra o peito. Tinha os olhos abertos, vidrados, as patas traseiras contorcidas, rasando o focinho, duro, gelado. Segurei-o nos braços, apertei-o, e chorei sobre o seu corpo inocente a minha culpa, dor, perda, impotência e abandono.

Enterrei-o por baixo da nogueira que existia na fazenda. Mais tarde, abateram a nogueira.

Para que servia um cão? E que importância tinha o cão que a retornada, a que roubara aos pretos, se tinha dado ao luxo de trazer para a metrópole, quer dizer, para Portugal?! Se para retornados não havia lugar, para cães de retornados ainda menos.

O meu pai apertava os pés um contra o outro, pressionava-os, fazia força, e ria-se. Eu não conseguiria separá-los, brincar como queria. Os pés do meu pai cheiravam a pelo de cão. Era um cheiro seco e doce. Os cães cheiram a terra e a pão. Cheiravam a pão, sim, a terra e a pão, e eu queria tanto fazer-lhes cócegas, e morder-lhes, e ele ria-se, e dizia, larga-me, rapariga, e eu ria-me, e fazia pior, e a minha mãe dizia, larga o teu pai, rapariga, e eu ignorava-a, tem juízo, rapariga, vai para a tua cama, rapariga.

O corpo da minha mãe era geométrico e seco. Não tinha autorização para lhe tocar. No corpo da minha mãe apenas me interessava o seu peito grande e mole. Que delícia haveria de ser ter autorização para lhe mexer, mamar, chupar por todo o lado. Apalpar com força. Sacudia-me, está quieta. Tocar na minha mãe era uma atitude pouco própria. O corpo do meu pai, pelo contrário, sólido, redondo, disponível, revelava-se uma colina cheia de arbustos e vegetação à qual podia trepar, e sentir, cheirar, beliscar, morder. Puxava-lhe os pelos, as unhas.

A barriga das pernas do meu pai tinha uma curva tão harmoniosa, tão ondulada, e era tão cheia. Simulava que as mordia com muita força, e ele simulava gritar, ai, ai, está quieta, rapariga.

Que belas pernas tinha o meu pai. Brancas. Nem demasiado musculadas nem gordas, embora fosse gordo. Compridas, torneadas. Os calções assentavam-lhe bem. Eram umas pernas quase femininas. Atiçava-me, sorrindo, querias ter umas pernas tão jeitosinhas como as minhas?! Querias, não querias?! As minhas vão à amostra a umas senhoras. Dizia isto muita vez, quando estava bem vestido, vou à amostra a umas senhoras. E eu pensava que brincava.

A barriga do meu pai descaía quando se deitava de lado. Que solenidade. Que importância, a de uma barriga assim dilatada. Tinha-lhe respeito. Ele protegia-a com os braços, e aos genitais, se bem que os últimos não me causassem interesse. Quando se deitava de lado, se vestia calções largos e curtos, era possível vislumbrar nesses lugares certas sombras medonhas. Desviava o olhar por vergonha, medo e nojo. As partes íntimas do meu pai eram uma mancha escura e mole. Que contacto visual tão desagradável!

Lembro-me do roçar da sua cara mal barbeada na minha cara, nos meus lábios. Vai fazer a barba. Já fiz a barba, agora vê lá. Querias ter uma pele tão maciazinha, não querias?! Querias!

Era macia. Lembro-me do cheiro a suor do seu pescoço. Suor de homem. Denso. Da massa enorme que era o seu corpo, tão segura, tão certa. Sentar-me ao seu lado, ao seu colo, às suas cavalitas. O corpo do meu pai era um trono. O corpo do meu pai era bom.

Lembro-me de que não tinha as mãos inteiras. Sofrera a amputação de três dedos na direita. Cortara-os numa máquina tipográfica, aos 12 anos, ou talvez mais cedo, pouco depois de ter começado a trabalhar. A máquina com que operava mostrou-lhe que já tinha idade suficiente para ficar sem eles.

Os dedos do meu pai, olhando para a palma da sua mão aberta, pareciam pénis anões circuncisados, com o freio separando cada metade, ou melhor, travando aquelas pequenas bochechas de carne.

Não lhe agradava que brincasse com eles.

Acontecia no cinema, se me enervava, ou enquanto aguardava que terminasse a conversa com os amigos, e me aborrecia. Dizia-me, «para com isso, rapariga», mas ria-se, porque o alegrava, de um saber não percebido, sem palavras, que os nossos corpos fossem um só.

«Para com isso que me arrepias.»

«Mas aleijo-te?»

«Não, arrepias-me.»

Eu parava, contrariada.

As mãos e a pele que arrepiei, evaporaram-se. Ficou o roupão de seda azul-escuro, fabricado em Macau, que guardo na arca que veio de Tete. Ficou uma presença sem corpo pulverizada sobre mim, sobre o que de mim não se dirá nunca, sobre a minha casa, as minhas caixas, segredos e tempos.

O que dele sobra encontra-se arrumado numa gaveta do cemitério do Feijó. Quanto ao resto que lhe pertencia, não consegui arrumá-lo em lugar algum. Não cabe.

48

A tia do anel de esmeraldas regressou ao Maputo. Montou uma empresa de turismo.

A minha mãe acha que vai morrer e não pode deixar-me sozinha no mundo. Por isso, localizou-a.

Eu quero estar sozinha no mundo. Não me saturem com as palavras brutais que tive de escutar a vida inteira sem poder protestar.

Deu-lhe o meu número. Ela queria muito falar comigo. Tinha-me perdido o rasto. Tinha saudades da menina perdida: eu.

Em vinte minutos, o passado bateu-me no rosto com uma brutal chapada.

As pessoas não mudam. Quando as reencontramos, muitos anos depois, percebemos por que nos afastámos.

«Os negros, os cabrões, os filhos-da-puta. Vim de lá há um ano. Nunca deixei que me faltassem ao respeito. Chamavam-me mamã, chamavam-me tia, e eu dizia-lhes, não sou tua mãe, que eu não sou puta. Nem tia, meu cabrão. E não me assaltas porque eu sou branca e estrangeira; e ponho a polícia atrás de ti, meu escarumba de merda.»

Ouvi isto toda a vida.

Venham falar-me no colonialismo suavezinho dos portugueses... Venham contar-me a história da carochinha.

As pessoas não mudam. Um branco que viveu o colonialismo será um branco que viveu o colonialismo até ao dia da morte. E toda a minha verdade será para eles uma traição. Estas palavras, uma traição. Uma afronta à memória do meu pai. Mas com a memória do meu pai podemos bem os dois.

Os carniceiros foram todos tão bonzinhos que quando matavam o cabrito davam as vísceras aos pretos. A tripa. A pele. Pagavam-lhes o trabalho escravo com porrada mais a farinha, que comiam com as mãos, aqueles porcos negros; e se os faziam trabalhar sete dias por semana, sem horário, era apenas o legítimo tratamento de que precisavam os preguiçosos. Um favor que o branco lhes fazia. Civilizar os macacos.

E agora, em Maputo, uma falta de respeito. «Faltamos lá nós. Têm saudades. Um branco é constantemente assaltado. Na rua. Em casa. Roubam-nos tudo, os cabrões. E estragaram aquela terra. Queimaram-na.»

49

O jovem encontrava-se à minha frente na fila da caixa, com um avio de bolachas e chocolates. Trajava de oficial marinheiro. Uma farda negra, de boné branco, muito composta, muito nobre. Sobre a manga esquerda do casaco, ao alto, numa placa de fazenda bordada a ouro, lia-se Moçambique. A minha atenção ficou presa àquele rapaz. Tive o impulso de o chamar e lhe dizer, olhe, desculpe, só queria dizer-lhe que eu também sou de Moçambique. Mas depois não o fiz. Havia de ser ridículo. O que lhe interessaria saber que existe dentro de mim uma terra da qual sou desterrada?! A seguir pensei que talvez fosse o seu apelido. O rapaz chamar-se-ia Tiago Moçambique como outros se chamam José Portugal. Subiu em direção ao Alfeite e eu segui-o, orgulhosa do seu aprumo.

Os desterrados são pessoas que não puderam regressar ao local onde nasceram, que com ele cortaram os vínculos legais, não os afetivos. São indesejados nas terras onde nasceram, porque a sua presença traz más recordações.

Na terra onde nasci seria a filha do colono. Pesaria sobre mim essa mancha. A mais que provável retaliação. Mas a terra onde nasci existe em mim como uma nódoa de caju, impossível de disfarçar.

Persigo oficiais marinheiros que trazem escrita, na manga do casaco, a palavra Moçambique!

Passaram décadas sobre a menina que encarava os negrinhos de meia dúzia de anos que pediam trabalho ao portão, descalços, rotos, esfomeados, e chamava a mãe, trabalho não havia. Eu sabia que não havia. Contudo, chamava-a. Havia a esperança que de repente houvesse capim para apanhar, ou uma moeda, pão. Às vezes a minha mãe estava bem-disposta. Às vezes tinha pena das crianças.

Eu e eles não falávamos a mesma língua. Apenas umas palavras soltas. Olhava-os muito, e eles a mim. Por exemplo, neste momento estou a olhá-los através do tempo, e há uma perplexidade nos seus olhos, um vazio, uma fome, e nos meus uma impotência, uma incompreensão que nenhuma razão poderá explicar.

Moçambique é essa imagem parada da menina ao sol, com as tranças louras impecavelmente penteadas, perante a criança negra empoeirada, quase nua, esfomeada, num silêncio em que nenhum sabe o que dizer, mirando-se do mesmo lado e dos lados opostos da justiça, do bem e do mal, da sobrevivência.

Um desterrado é também uma estátua de culpa. E a culpa, a culpa, a culpa que deixamos crescer e enrolar-se por dentro de nós como uma trepadeira incolor, ata-nos ao silêncio, à solidão, ao insolúvel desterro.

50

Esta história é sobre morte.

Esvaziei o sótão por imperativos do condomínio. Mobílias. Malas. Tudo o que para aí se remete, inteiro ou partido, para arranjar depois. Encontrei os meus livros da escola, de Moçambique, e dos primeiros anos em Portugal; *A Minha Vida Sexual*, do Dr. Fritz Khan, o tal que li às escondidas dos meus pais, na Matola.

Abri finalmente a arca da minha mãe, que foi para Moçambique com o seu enxoval, nas entranhas do *Infante*. Dentro, os restos das ferramentas e cabos do meu pai.

Eu e ela nunca chegámos a ir ao sótão limpar os seus vestígios. Não éramos capazes.

Herdei cabos elétricos, fios de toda a espécie. Quilos de corda e fio de pesca, fino e grosso, que usávamos em Marracuene ou nos outros lugares onde íamos pescar. Herdei martelos, serras, chaves de fenda enferrujadas. Cem quilos de ferro.

Guardei algumas peças, e a caixa das ferramentas, de boa madeira, de que me lembro, desde sempre. Penso restaurá-la para os meus papéis.

Havia uma outra, em ferro cromado, com a inscrição do nome e morada do meu pai em Tete. Não era a sua caligrafia. Deve ter pedido a alguém, no Maputo, que lha enviasse de barco ou avião, para Cabora Bassa. Raspei esses dados com álcool e um esfregão de arame, e mandei-a fora. Não era do meu tempo, não lhe tinha apego, mas não queria que quem encontrasse a caixa lesse os dados tão precisos da sua identidade.

Sinto vergonha, em seu nome, de deitar fora uma vida de trabalho e lazer. De deitar fora planos, sonhos. Os seus. Enquanto fazia aquele trabalho, imaginei-o a esvaziar a *Bedford* e a encaixotar tudo para um dia, na sua terra... Eu já não estava lá, mas vi-o no afã.

Fazer planos para quê? Morreu cedo e incapaz, e o que restou do seu trabalho, por que lutou, acabou num contentor de monos do município de Almada.

Os homens do ferro estão respigando, felizes!

Os restos do Império estarão, na próxima semana, disponíveis, no aterro sanitário. Há camas, mesas, cadeiras. Saíram do caixote dos retornados diretas para o sótão; nunca entraram em casa.

Criei o quarto-Império, para onde atirei aquilo de que não consigo libertar-me ainda, e, dentro dele, as caixas-Império. Venham buscar.

Uma pessoa precisa de tempo para conseguir atirar o passado borda fora.

Libertei-me de muito. Dei. Vendi ao desbarato. Reciclei. Neste momento, o mais vivo mono do Império que por aqui resta, acho que sou eu.

51

Caiu a noite sobre todas as coisas que nascem da terra, que tocam a terra, que confinam os seus limites. Tu estás sobre a terra. Quero dizer, revolves-te nela. Estendeste o teu corpo ao comprido entre os arbustos, quieta, sentindo comichão pelos insetos que deixas subirem-te os braços, sorvendo o odor enjoativo do chão, agora em repouso, o odor acre das folhas que a frescura da noite humedeceu. Era isto que querias. Este cheiro. Sentas-te. Sorris. É exatamente como imaginavas. Purpurinas multicolores brilham entre os ramos das árvores, iluminando os vultos das aves caladas. Fragmentos de luz que se ateiam e apagam na escuridão, suspensos como libélulas. Barulhos tão leves. Asas. Uma ave piou. A brisa levanta folhas. Folhas batem em folhas. O peso de patas quebra ramos. Os cães selvagens espreitam-te. Os que como tu não são nada bem definido, nem cães nem lobos. Não te ladram. Os cães nunca te ladraram. Cheiras-lhes os sexos. Sim, são da tua laia. Boa companhia. Lambes-lhes os focinhos. Podes lamber. Dormir enroscada na matilha, se quiseres. O cheiro doce do sono, do calor. Tão embalada. Não te importa a terra no cabelo nem nas unhas. Esfregas-te. Ris. Ouves o teu riso incomodar a noite. Que silêncio. Que ternura. Tudo é verdade e tu trincas a terra. Lambe-la contra o céu da tua boca. Claro que recordas esse sabor. Sabias que havias de recordar esse sabor. O chão tem todo o mesmo travo final a argila e a osso de vaca moído. A terra é doce. E agora podes subir de novo às árvores. O limoeiro do teu velho quintal na Matola. Sentes-te leve. Se calhar podes voar, como outrora voaste. Tinhas saudades. Confessas para ti própria, tinhas saudades disto. A liberdade.

A noite caiu longa, e a noite é o teu dia. Vais adaptar-te. Uma vida tem muitas vidas, tu sabes. É a primeira noite que dormes na rua. Que não tens cama. Estás eufórica. Como vai ser a tua primeira noite? A que casa regressarás? Quanto tempo permanecerás sobre a cova onde o teu passado apodrece? Não devias pisar a tua campa. Para onde vais? Para onde vais, agora?

Lourenço Marques, 1960

A morte e a vida morrem
e sob a sua eternidade fica
só a memória do esquecimento de tudo;
também o silêncio de aquele que fala se calará.

Quem fala de estas
coisas e de falar de elas
foge para o puro esquecimento
fora da cabeça e de si.

O que existe falta
sob a eternidade;
saber é esquecer, e
esta é a sabedoria e o esquecimento.

Manuel António Pina, in *Aquele Que Quer Morrer*